张大鹏 ，安徽日报高级记者，中国散文家学会会员，安徽省作协会员。1986年毕业于安徽师范大学中文系。长期在安徽日报任记者，编辑，曾担任安徽报业集团六安办事处主任，安徽日报六安记者站站长。写有各类新闻作品近100万字。其报告文学集《十村记——大湾赞歌》属《十村记:精准扶贫路》丛书系列，该丛书已入选中宣部2020年主题出版重点出版物。

爪泥与心香

ZHAO NI YU XIN XIANG

张大鹏 著

时代出版传媒股份有限公司
安徽文艺出版社

图书在版编目（CIP）数据

爪泥与心香 / 张大鹏著. -- 合肥 ： 安徽文艺出版社，2025.5
ISBN 978-7-5396-8093-4

Ⅰ. ①爪… Ⅱ. ①张… Ⅲ. ①散文集－中国－当代
Ⅳ. ①I267

中国国家版本馆 CIP 数据核字(2024)第 079700 号

出 版 人：姚　巍
责任编辑：柯　谐　　　　装帧设计：马德龙

出版发行：安徽文艺出版社　www.awpub.com
地　　址：合肥市翡翠路 1118 号　邮政编码：230071
营 销 部：(0551)63533889
印　　制：安徽联众印刷有限公司　(0551)65661327

开本：880×1230　1/32　印张：8.625　字数：140 千字
版次：2025 年 5 月第 1 版
印次：2025 年 5 月第 1 次印刷
定价：30.00 元

序

我与张大鹏是有“缘”的：二十世纪八十年代初，我们一起进了大学中文系成为同班同学。初来乍到，我看着张大鹏高大壮实孔武有力的模样，油然生出诸多羡慕：这真是名副其实的大鹏啊！“北冥有鱼，其名为鲲。鲲之大，不知其几千里也；化而为鸟，其名为鹏。鹏之背，不知其几千里也；怒而飞，其翼若垂天之云。是鸟也，海运则将徙于南冥……”当时我们学习的《古代汉语》课本中，正好有庄子的《逍遥游》，每次读到这篇文章，我自然而然地就想到张大鹏。大学毕业，各自一方，我们曾一度中断联系。工作数年后，我调至省报集团，忽然有一天在报社楼下见到大鹏，说自己也调至报社，暂时在夜班工作。自此之后，我们经常见面，也似乎更有缘了：2000年我从记者站回本部后，与大鹏住进了一个小区，我的女儿跟他的儿子曾是小学同班同学……我们由同学到同事到小孩也同学，到住一个小区，实属难得。有时候想起来，觉得我跟大鹏之间的缘分还真是不浅。

难能可贵的还有时间——人生真是白驹过隙，一晃就过去了。尤其是中年之后,人显得特别忙,忙工作,忙生活,忙子女,忙老人,生命就如同翻页,几张报纸版面一出,十年二十年就过去了。好在我们平均一年还能见几次面,每每都是在熟人或者同学的饭桌上;好在都有文字相伴,可以从报纸杂志,以及微信朋友圈上,看到彼此的蛛丝马迹。一直到近来见到大鹏,说他已经办了退休手续,且有一本书要出版,嘱我替他写序。我这才恍然大悟:我跟大鹏竟然认识四十多年了!且是最好的四十年。至于四十年以上的好友,怕也没有几个吧,于是立即应允了。随后,大鹏传来了这一本《爪泥与心香》的样稿,页码挺多,印出来应是厚厚的一本。我不免大吃一惊,没想到大鹏在六安那个地方,除了完成他的报道任务和工作,还写作了这么多文章,自觉地记载了诸多旧事。书名《爪泥与心香》,出典于苏轼写给弟弟苏辙的诗,原句为:"人生到处知何似,应似飞鸿踏雪泥",以为人生漂泊,如同飞鸿在雪地上留下的爪印,之后又固化成了成语"雪泥鸿爪"。苏东坡是"儒释道"三位一体的通达之人,他对于人生的评价,是站在更高纬度上的感发和比喻,不仅生动形象,还是极智慧透彻的。大鹏也是这样,既拥有才华和智慧,又有入世的经验和本领。大鹏以此为书名,显然是想通过对一些"雪泥鸿爪"的追忆,让现在的自己与过去的自己晤面,相逢一笑,无关恩仇。

文章之可贵,首在真实。这一本《爪泥与心香》充满真挚,溢满真情。记人文章中,有好几篇让我读得唏嘘唉叹,叹世事无常、生命无常。我没有想到看起来粗犷的大鹏竟拥有如此柔软敏感之心。在文章中,他缅怀老师,思念同学,笔端所至,充满真情和真性。看得出来,大鹏对此是用心了,他更深入地走入了他们的人生，倾听和共鸣于他们的经历和情感。反观我，对这一切都不清不楚，就像是一个局外人似的。总有一种过去，让人无比怀念；总有一种记忆，让人唏嘘哀叹。人在世上，只有真实最为无敌，至于那些虚伪的情感、行为和文字，一阵风吹来，就会消失得无影无踪。

《爪泥与心香》，好在丰富。大鹏这一本书，分为记人文章、评论杂议、小品文、叙事抒情、游记类、书评影评等。在文字中，大鹏谈生活、忆乡野、追民情、写心绪、品饮食、读好书。让人感到诧异的，是看起来粗犷高大的张大鹏，竟然对《红楼梦》颇有研究，还写了好几篇红学随笔。只可惜大鹏这一系列留存不多——他在后记当中提到，还有很多篇被调皮的儿子从电脑中删去了。大鹏的儿子叫张若愚，是一个异常调皮的男孩——张若愚是存心不让大鹏涉猎“红楼”啊，活脱脱地将一个“红学家”给埋没了。

看完还有一个感受：大鹏虽然看起来赳赳昂扬，不过行文却有书卷气，能看得出明显的修养、才调、风度、人格、气局，也能看出娴熟的技艺和章法。这很正常，大鹏毕竟是“根正苗红”的读书人，中文系毕业，多年来读书不止，笔耕不辍；行事有原则，谈吐有风度，文章有气质。读大鹏的文章，可以感觉到文章之中有一股缥缈的岚烟氤氲而起，让人欲罢不能。

读完《爪泥与心香》，想着大鹏工作和生活了二十多年的大别山，忽然觉得有感而发——大别山那一块地方，一直吹拂着四荒八合的旷野之风，或浩荡狂野，或舒缓沉静，或隐约无形……好的文章，就应该像大别山无所不在的风，真挚多情，凛冽有力，智慧通透，萧散无觉，它们或是春风、夏风、秋风、朔风，也可能是谷风、罡风、长风、晚风……风有不同，文章风格也有不同。好的文章，不仅能体现独特的精神气质，还要有高逸的情怀，冷峻洒脱且不乏情趣；不仅有灿烂的、鲜亮的现实之风，还要有幽深的、模糊的历史之风，更要有神秘的、内在的哲思之风。

风是源头，赋予万物以动能和创造，赋予生命以激情和理性。风乍起，吹皱一池春水。作为写作者，若能懂人事、知天理、觉动静，察觉到“鬼神”的迎风起舞，以文字加以捕获，文章自然就会天朗地阔，充满着内在的灵魂和神韵。如此文章，一定是好文章——那种清新自然的芬芳之风，阔远幽微的神秘之风，不仅可以渗入身体，还可以渗入到灵魂、时间以及字里行间之中。

是为序。

目　　录

第三辑　小品文

第四辑　游记类

第五辑　书评影评

第六辑　评论与杂议

第一辑　记人文章

“名师”余恕诚

金秋时节，依山傍水的安徽师范大学里丹桂飘香，层林尽染，风光无限。

在这样一个收获的季节里，我沿着幽静的校园小径，向赭麓的凤凰山教师宿舍区走去，轻轻地叩开余恕诚先生的家门，拜访这位“全国名师”的获得者、唐诗研究的著名学者。先生还是那么谦和、讷言、沉静，清瘦的面庞、温和的目光里含着坚毅的神采。当我就他刚被教育部授予全国高校百名“国家级教学名师奖”，向他表示祝贺时，余先生仍像往常一样谦逊地笑笑。他说：“这是对我的鼓励和鞭策。”

硕果累累获殊荣

我从有关部门得知，此次首届高校教学名师奖评选极为严格，全国各类高校只遴选一百人，我省只有三人名列其中。而省属院校中唯余恕诚先生一人获此殊荣。

“荣誉对我毕竟是身外之物，自己一辈子教书育人，孜孜追求学术，获得大家认可，内心慰藉而已。”在校园的林荫道上，余恕诚先生向我袒露心语。

诚然，已过花甲之年的余恕诚先生已是硕果累累了。他先后出版独著、合著十三部，在《文学评论》《文学遗产》《文艺研究》《国学研究》等国家级重点学术期刊上发表论文三十余篇。其中与刘学锴教授合著的《李商隐诗歌集解》《李商隐文编年校注》《李商隐资料汇编》《李商隐诗选》等学术专著是国内引领李商隐研究的奠基性著作，先后获得五项国家级、部省级奖励。他独著的《唐诗风貌》一书出版后，《文学遗产》《中华读书报》《中国图书评论》等报刊纷纷刊发书评，予以褒扬推荐，称之是“诗歌风貌研究的范式老作”“足以全方位把握唐诗艺术特征及其文化底蕴的充实博大之作”。该书荣获安徽省第四届社会科学优秀成果一等奖。

由于论文和著作被海内外许多书籍、文章引用、推荐，《李商隐诗歌集解》及专著《唐诗风貌及其文化底蕴》分别在大陆、台湾发行，因而余恕诚受到海内外古典文学界推重，被认为是“有多方面重要建树的古典文学研究专家”，他所在的安徽师范大学被学界誉为“唐诗研究重镇”“李商隐研究中心”。

目前，余恕诚教授是安徽师范大学中国古代文学博士点负责人，安徽省学位委员会委员，教育部省属高校人文社会科学重点研究基地——安徽师范大学“诗学研究中心”主任。他正主持国家社科基金项目：《唐诗与其他文体关系研究》。

余恕诚先后担任安徽省第六届政协委员、第八届全国政协委

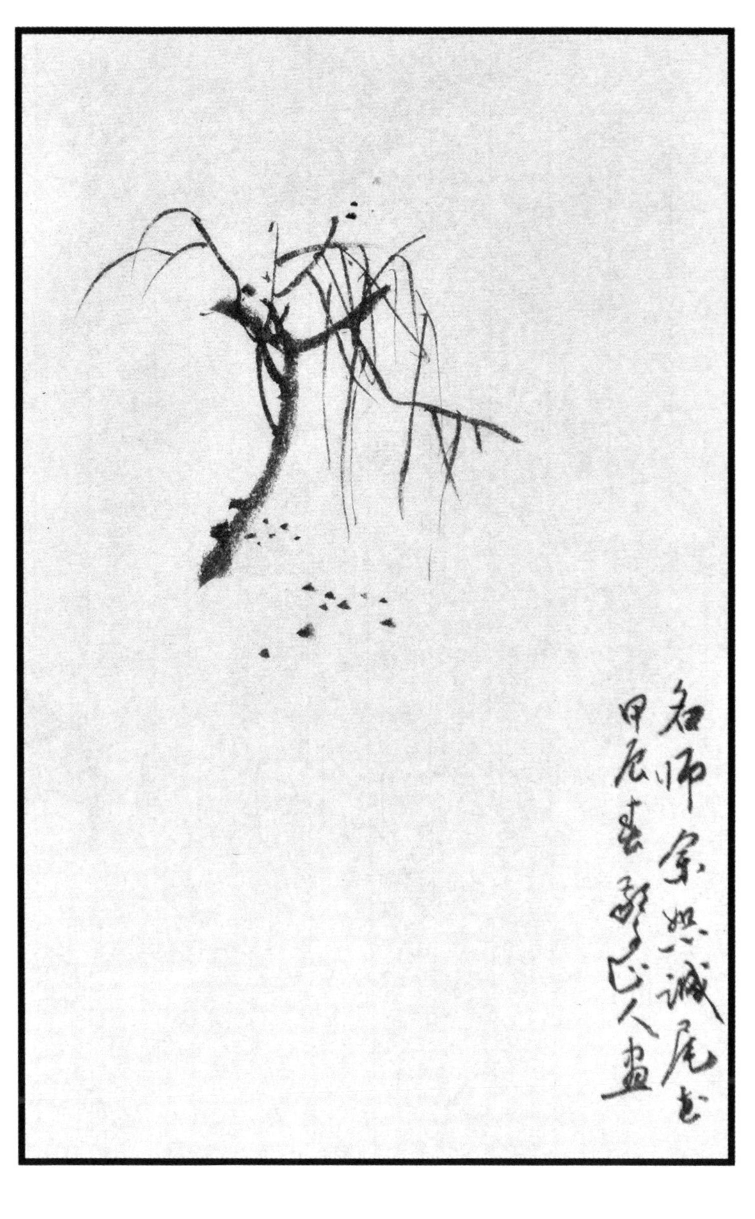

员、安徽省第八届政协常委。他还先后被评为“全国优秀教育工作者”，获“全国优秀教师”奖章，并获全国高师院校曾宪梓教育基金会教师奖二等奖。他现任安徽省政府参事。

执教鞭满足心愿

余恕诚1939年1月出生于肥西县将军乡一个农民家庭。因家境比较困难，像许多农家的孩子一样，他边上学边参加农村劳作。许多年之后，余恕诚还清晰地记得1951年，改变他人生命运的那一天。那是一个初秋的日子，十二岁的少年余恕诚挑着六七十斤重的稻把子，一趟趟地艰难地行走在稻田和打谷场之间。汗水顺着脸颊流淌，当路过街头时，他抬起手背擦擦满脸的汗水，无意中抬眼一瞥，却看到路旁的土墙上新贴了一张油印告示。好奇心驱使着他走近仔细端详，原来是肥西初等师范学校的招生广告。余恕诚的心一下子就兴奋了起来。啊！师范生是免费供应伙食的。强烈的求知欲望加上上学吃饭不要钱对一个少年的诱惑力极大，让他情绪激动。收工后，余恕诚快速回到家中，忐忑不安地把这个消息和自己的想法告诉了父母，没料到父母竟同意了。考试那天，凌晨两点，余恕诚就起了床。头顶朗朗秋月，脚踏清清露珠，少年壮志的他，一路步行三十多公里，一大早就赶到上派镇参加考试。结果考中了。从此，余恕诚便开始了漫长的师范生涯，从做学生到当教师。1954年，余恕诚初级师范毕业，因年龄小、成绩好，被保送去六安读中师。这个继续深造的机会并没有给他的家庭带来喜庆和欢乐，经济困难是主要问题。母亲知道儿子要远去读书时，竟难过地哭了。最后通达开明的祖父发了话："人家的孩子想考都考不上，咱家的孩子学习好，保送的，为什么不上！"

余恕诚在六安中师毕业后，又因为学习成绩优异被保送至合肥师范学院就读。1957年的秋天，余恕诚成了方圆几十里乡下唯一的大学生。余恕诚还有三个弟、妹，家境依然艰难。老母亲一边高兴地为儿子收拾行李，一边照例悄悄地抹泪。年迈的祖父夜以继日地编了十几双草鞋拿到公路旁去卖，总算是凑齐了上大学的路费。很多年之后，余恕诚还忘不了刚来大学时的尴尬。他连一条完整的裤子都没有，直到有次学生会拍卖一条被风刮掉的一直无人认领的裤子，他买下来了，才算是衣冠齐整了。大学四年，余恕诚刻苦攻读，成绩优异。1961年毕业时，他被选拔留校，成为一名光荣的大学老师，也从此开始了他一生的执教生涯。艰难困苦，玉汝于成。余恕诚从一个农家少年成长为大学教师，又成为知名教授。他说他一方面感谢国家的培养、父母的养育，另一方面也的确感谢这困难年月的磨炼。

执着追求，论著煌煌

余恕诚是以唐诗研究而出名的，其成果基本集中在两个方面：一是与刘学锴先生合作进行的"李商隐研究"，一是"唐诗风貌及其文化底蕴"的系列研究。

他与刘学锴先生合作进行的李商隐研究，完成和出版了以《李商隐诗歌集解》为代表的一批辉煌研究成果。《李商隐诗歌集解》逐篇汇集了前人的研究成果，最后以按语的形式，阐述自己的研究意见。余恕诚先生通过对李商隐代表诗歌的分析，深刻揭示出李商隐独特的“以心象熔铸物象”的抒情方式，受到学术界专家的充分肯定。“李氏三书”（指《李商隐诗歌集解》《李商隐文编年校注》《李商隐资料汇编》）被中华书局作为精品列入“中国古典文学基本丛书”之中。原国务院古籍整理规划领导小组秘书长、中华书局总编傅璇踪评价《李商隐诗歌集解》是“古籍整理研究的扛鼎之作”“集大成之作”。该书出版较早，曾获全国首届古籍整理图书奖和首届全国高校人文社科优秀成果二等奖。

最近，有消息传来，出版于2002年的《李商隐文编年校注》获全国古籍整理一等奖，参加第六届国家图书奖评选亦已入围。

20世纪80年代初期，余恕诚先生开始着手“唐诗风貌及其文化底蕴”的研究。唐诗作为古典诗歌发展的顶峰，它独具的风貌为历代唐诗研究者所关注。然而传统诗家研究多长于直观的现象描述，而乏于客观的理论分析。闻一多先生的《唐诗杂论》、林庚先生的《唐诗综论》在一定的意义上可以说把这课题的研究提升到了现代学术的研究高度，同时也把唐诗风貌的系统化研究之方向留给了后人。余恕诚教授擎起大旗，继前辈学者之后，以前后将近二十年的努力，铸成了《唐诗风貌》这部高水准之作。

在《唐诗风貌》一书中，余先生分别就唐诗总的风貌特征、唐诗各阶段风貌特征、主要创作群体和主要体裁风貌加以论述，从精神内质到外在表现把握风貌特征，并从根源上加以分析探讨，将时代文化精神的剖析与诗歌艺术的解读融成一片。《唐诗风貌》以开阔的视野、独特的角度、丰富的学术内涵，精警中肯、文采纷披的论述，赢得了众多专家的高度评价和大众读者的喜爱。有论者指出，《唐诗风貌》“作为涵盖一代诗歌风貌多方面表现的文化纵览和坚实而鲜活的一代诗歌风貌演变史，其独特的学术成就不仅体现为课题意义的重大、研究内容的开拓，而对以其对研究方法的自觉探索和成果运用，为有关学术领域的开拓与建设，树立了科学的学术范式”（袁栀子《建构诗歌风貌研究的学术范式——评余恕诚著《唐诗风貌》，载《社会科学战线》1999 年第 4 期）。

三尺讲台尽显风采

“国家级教学名师奖”的奖杯，是一个像“书”字的人形图案。解读者认为该图案寓人引弓待发，弯弓射大雕的意思；又寓人手执镐头，辛勤耕耘的意思。这两重意思，用在余恕诚身上都非常契合，他在科研上是“射雕手”，在教学上则是一名辛勤耕耘的“园丁”。

余恕诚先生从 1951 年读师范，直到今天仍在安徽师范大学教书，五十多年的师范生涯和教师职业构成了他似乎单调而又重彩的人生，先生也曾戏称自己有浓厚的“师范情结”。多年来，他孜孜不倦，辛勤耕耘，加之对所授的唐宋文学有着精深的研究，他在教学中取得了很大的成功。余先生讲课，总能把一些深奥的命题讲得既让人听得懂、记得住，又能引人入胜。他把错综复杂的问题阐释得清晰明了，把枯燥的话题说得饶有兴味。逢他授课时，教室里总是济济一堂，除中文系学生，还有音乐、美术等系科的学生,有时候连教室外面的过道上也挤满了听课的学生。当你走进师大中文系,了解余恕诚先生讲课的情形时,许多学生都会向你绘声绘色地描述他讲课的精彩,这是属于听者独到的感受。

余先生对所从事的唐代文学的教学有明确的教学主张:他认为关键是要以作品为中心,以基础知识为立足点,讲清文学史发展线索脉络和主要作家风格,并通过精读解析原著,切实提高学生的分析鉴赏能力。

在教学内容、方法以及各个环节的安排上,余先生精心设计教学内容,精益求精。尽管他在课堂上善于营造气氛,语言生动又波澜起伏,但从不无节制地讲述,而是穿插问答和讨论,组织一定规模的课堂讨论与研究。1981 年,在给 79 级学生讲王之涣诗"白日依山尽"时,学生们对前辈学者关于为什么用"白日"而不用"红日"的解释感到怀疑,他就建议学生分工协作对唐以前的诗文作一次普查。一些学生在先生的指导下认真地去核查,结果发现"白日"一词资格很老,而"红日"一词直到盛唐时才有两三个用例。这就从语词演变发展上厘清了问题。这项研究由学生署名写成短文,发表在《中国语文》1994 年第 4 期上。他还善于用比较法激发学生研读的兴趣。讲唐代山水诗,他选择孟浩然《春晓》与王维《田园乐》这样两首内容场景描述相近的诗让学生加以比较,分析了孟诗注重听觉感受,而王诗则具有鲜明的画面效果的不同特色。讨论不仅加深了学生对王维"诗中有画"的诗歌特色的认识,也激发出学生对研究山水诗题材的浓厚兴趣。为了教学更加形象直观、清晰明了,余先生还自制了一些挂图和图表。讲授王维《终南山》诗及中国山水诗时,他就用了自制的挂图讲解,使学生对中国山水诗的发展历程有了直观的感受，使其了然于心。余先生的教学不仅传授知识，而且给未来也要为人师表的学生们做出了“怎样教学”的示范。

在向学生传授知识的同时，余先生还善于从日常生活、学习过程和论文撰写等具体的教学科研环节及生活点滴上，给学生关心、爱护，引导青年学生健康成长。他的良师风范获得了年轻教师和广大学生的尊敬和推崇。

桃李不言，下自成蹊

当代大学生是具有独立思考和创新意识的群体，他们各自的成长道路、人生体验、价值观念和道德理想皆有所不同，甚至存在较大的反差。对待这样的一个群体，余恕诚先生从不居高临下地说教，而是注重挖掘教材中的德育因素，让学生在接受知识的过程中，接受思想教育、情感教育。他长期讲授唐诗，唐诗中浩瀚博大的爱国精神、感时伤怀的忧患意识、建功立业的政治抱负等传统人文精神被他在课堂上分析得淋漓尽致，深深地打动着年轻学子的心。

20 世纪 70 年代末 80 年代初，正是解放思想、国门洞开之际，青年学子们思想活跃，勇于怀疑和思考，对大量涌入的西方思潮极感兴趣。针对这个特点，余先生在讲到诗人李白的世界观时，没有做简单的价值判断，而是用风趣的说法给学生提供一个独立思考的弹性空间，营造了双向交流的融洽气氛。他说：“有人说李白以儒家思想为主，有人说李白以道家思想为主，其实我认为，他的世界观与一些敏感而热情的大学生倒相似。今天崇拜萨特，明天又去读尼采，再过几天又是罗素，学得快，换得也快。从这个意义上说，李白之所以能始终具备诗人激情，正因为他始终保持了年轻人的一些天性。”余先生此话一出，当即引起满堂的赞许和热烈议论。有位研究生在写毕业论文时，生硬地用西方文论中的精神分析学说，并臆造出一个“眷恋情结”的概念来阐释唐代怀古诗歌的内蕴渊源。余先生找他谈心，及时指出其理论偏误。

余恕诚先生对自己要求很严，待人宽而且诚，处处以身作则，不与别人争名夺利，放弃了许多本应属于他的荣誉。比如两年一次的百分之三的加工资名额，他力主让给年轻教师；他虽然腰椎有病，但仍坚持常年教学。在相当长一段时间内，他的教学岗位出勤率之高几乎无人能比。他至今还坚持给普通大学生上课。他功成名就却从不自傲，外出开会住宿费用极其节约。一次到武汉开会，他硬是挤在一位船员的铺位上，未向学校报销路费。

“余先生对学生的影响是集爱岗敬业与才学、作风为一体的全方位的熏陶和启示。”一位在读的研究生深为感慨地说。

大凡初次和余恕诚先生接触的人，都会觉得他太普通了，与一般人想象中的大家名流相去甚远，更没有知名教授的架子。他见人打招呼，总是先冲你微微点头，满脸都是笑容；和人说话，总是用那带有合肥乡土味的语调娓娓而叙。在公众场合中，他从不高谈阔论，每次中文系、文学院开会，他总是静静地坐在不显眼的角落里。

余恕诚先生曾坦言他的处世态度和人格姿态：一曰怕开会、怕饭局、怕坐班，二曰宁做荑稗而不做空瘪的五谷。怕开会、怕饭局、怕坐班，是因为他想把有限的时间和精力花在教学和科研中，以至于有人评价他“依案见雄笔，随身唯唐诗”。宁做荑稗而不做空瘪的五谷是余先生宁可把自己看作稗子，也不刻意地去追求华美的外表和虚名。

少年时代，对农村淳厚朴实的自然风光和人文习俗的体验养成了他执着沉静的个性，多年浸淫的唐诗研究颐养了他冲淡的心性，几十年和学子们打成一片的经历也孕育了他坦诚的品性。他在平易朴实和自然亲切的外表下蕴含着更为深厚悠远、沉静洞彻的胸怀，外表的平实和内蕴的深厚构成了他大智若愚的精神品质。

这就是这位国家级教学名师的风采。

槐树花香

——奠母亲头七

一

我家窗前的海棠花开的时候，你住进了医院。樱花正盛的时候，你病危。清明刚过没几天，一场风雨，让灿烂的樱花尽落。可我不知道，母亲，你也要走了。4 月 14 日凌晨 3 点 52 分，你真的就走了，永远地走了。我们几个子女给你守灵，我坐在椅子上禁不住地流泪。回想你一生的点点滴滴，心头一阵酸又一阵酸。1959 年的冬天，你的父亲、弟弟和妹妹在长丰三十头乡饭都吃不饱，十七岁的你庆幸在外婆家跟着外婆才不会吃不到饭。多少年后，你每提起这事，眼光总是呆呆的样子，“唉”地长叹一口气说：“娘家没人了。”你嫁给父亲后，生了我们四个子女，还有我的奶奶要服侍，浆洗缝煮之外，还有繁重的体力劳动。20 世纪 70 年代，农村的生活是那样艰难。我们全家七口人，劳动力就你和父亲两个。大集体时代，工分挣得少，年终分粮少，全家不够吃是常事，特别是青黄不接时的春天日子最难过。那年春天，父亲跟着生产队的几个人远去十多公里外的大蜀山下放牛了，家中断了粮。妹妹那时还十岁不到，中午开锅的时候，见又是山芋，嚷着不吃，偷偷地溜到邻家，靠在门边，想要别人给点大米饭吃。你把她拉了回来，用小竹竿狠狠地打她屁股。妹妹大哭，你也边打边教训边流泪。奶奶拉住你的手说："天天蒸山芋吃，我吃得都糟心，小孩子哪受得了？"你抹了把泪，担一对稻箩出门，对我奶奶说去一个远房亲戚家借粮。好在终于借来了一担新收的麦子，算是渡过了那年的难关。父亲一直对农活不是很在行，就连犁田、打耙之类的农活都是在实行责任制之后才学会的。所以我们家的农活基本上都是你和大妹妹做的。大集体时代，夏天炎热的中午，你饭碗一丢，就去打猪草。因为我们家工分不够，全家一年就靠这头猪上缴折算工分才能多分点粮。你弯着腰，用锄头锄起田埂上的芭根草，抖掉土，放到担子上，直到听闻上工干活的哨子声响才大汗淋漓地赶回来。你来不及歇口气，从水缸里喝一碗凉井水就上工去了。1978 年分田到户，我们家分了五亩多田。栽秧、割稻、除草，这些农活主要由你带着大妹妹干。每到三夏和秋种，披星戴月地在田上忙是常事。弟弟和小妹妹尚幼，奶奶那时已八十多岁，都需要照料。你从田上劳作回来，还要洗衣做饭。我那时在外读书，你和父亲盼着我们家能出个大学生，就是再忙，也不要我干农活。"你把书读好就行了。"这是你常对我讲的话。繁重的体力劳动让你的脸上过早地爬上了皱纹。冬天，你的双手总是皲裂了几个口子，可你对此根本不当回事。我们四个孩子生养都是在困难的年代，你没一个月子坐到过满月就开始干活了。虽生长在

农村，但鸡和鸡蛋都很宝贵，连坐月子都舍不得杀吃补身子。你生弟弟后，奶奶用红糖水煮 4 个鸡蛋端给你，你却只吃了两个鸡蛋，剩下两个一个给了我，一个给了大妹妹。我们那时不懂，只知道好吃。我们长大成人了，你的劳作负担该减轻了。但没有料到大妹妹的二女儿，你的外孙女又来到了身边。那时计划生育抓得那样紧，你的第二个外孙女一生下来就被一个人家抱养了。但一年时间不到，她生着病就被抱养人家送了回来。你说，不能见死不救，于是外孙女你帮着养了。这样一养就是六年多的时间，直到她要上学了才接回到大妹妹家去。外孙女走了，自己的孙女又来了。弟弟离了婚，可孩子雯雯她妈不愿意要，你又接收了下来。她来时才三岁，就这样一直跟着你生活，直到去年你生病，实在力不从心，她才被弟弟接走。雯雯患有唐氏综合征，智力不行。关于她生活的方方面面，这些年你花了多大的精力，只有你自己知道。等到我的儿子亮亮在六安读高中，你又去当了两年的陪读，给他烧饭洗衣。我的孩子上大学了，小妹的孩子乐乐年幼，没人照看，你又帮着接送上学，中午做饭。“人生没歇时。”妈，这是你生前常感叹的话。我想你这一生确实没有歇息过。现在你的辛劳终于结束了。

二

或许是过去艰难的生活烙在你的记忆深处，你一生都过着节俭的日子。父亲去世后，你一个人带着雯雯独立生活，中午的饭吃剩下，晚上基本上再蒸着吃，或加点菜叶煮泡着吃，不会倒掉一粒米。在农村生活时,各类蔬菜基本上你都自己挖地种,自己吃不了,还带着妹妹一家吃。去年,你搬到城里住。有天中午吃饭的时间,我敲开门去看你,见你就炒了个青菜,外加一盘咸小菜下饭。怕我嗔怪你舍不得吃,你连忙解释说,锅里还有排骨汤。可后来小妹告诉我,这排骨汤还是昨天炖的,没吃完,你舍不得倒掉。实际上那时你已患病在身,需要增加营养,我给的钱够你生活了,但你就是舍不得用。你客厅里的灯有 4 盏,你一个人从来不会把 4 盏灯都打开。有一天天阴,我去看你,嫌客厅太暗,打开了两盏,你批评说:“又不干什么事,开两盏不浪费?”去年夏天,我带你到上海看病,顺路到一家大百货商场看看。在一家卖衬衣的摊铺前,你看中了一件短袖桑蚕丝衬衣,我让服务员给你试试。你说太贵了不愿买。最后是服务员、妹妹我们三个人的劝说,你才买下来。2000 元不到,这是你一生中穿的最贵的一件衬衣。可买回来后,我没见你穿过。有一次我问你怎么不穿,你说又不到哪去,在家穿那么贵的衣服干吗?

父亲在世的后十年,你与父亲经营着街上的一家小杂货店。我们家日子比以前宽裕了很多。我在外工作,逢年过节回家给点钱给你,你总是推掉说:“你在外花销大,自己留着用。”2008 年,父亲走了之后,我们家的小店关了门你也失去了经济来源。我一般按每月 1000 元的标准不定期地给你点钱,算作你的生活费。3 月 27 日晚,你突然打电话让我一定要回来。次日一早,我来到你床前,你让我打开柜子,说里面小抽屉里有三张存折,要把钱取出来收好。我一看存单,几乎不敢相信自己的眼睛。你说这钱基本上是我给你的钱省下来的,一笔笔地存下来。你说:“亮亮还没有结婚,要花钱的地方多。你存留着给他结婚用。”妈,我不知道这些年你是怎么过下来的?!父亲去世后,小店各项货物变卖加上零散欠款两万元不到,国家农田补贴及你每个月的老年政策享受才一百多元钱,你就靠着这点钱,带着雯雯过了这十多年的时间。前年,雯雯被弟弟接走了。你闲下来了却闲不住,背着我出去打短工,到滨湖的塘西河公园栽树拔草什么的。我知道后责怪你。你只是说,在家一个人闷,活也不重,出去一起干活也可以散散心。可实际上你是想替我省一点钱啊!你早晨5点半就出门,到晚上5点半才回家,一天下来才挣六十元钱。可你那年竟挣了三千元钱。

可前年你已七十三岁了,妈!

三

母亲,那日上午,我们在殡仪馆见你最后一面。在去火化室的路上,本来晴朗的天空竟然飘来几片乌云,下了两滴雨。那是亲人们的泪化成的吗?

你虽为一介农妇,识字也不多,但你的善良让每个接触过你的人都能感受与铭记。

二婶今年八十六岁了,得知你去世,特地从上派赶来,在你的冰棺前老泪纵横,哭着说:“死去的应是我才对。”你们妯娌几十年,没有红过一次脸,相处亲如姐妹。每年过年,你都带着我去看看她。就在今年过年,你生病不能前去,还特地叮嘱我去看看婶婶。

我童年的记忆中，每逢冬闲，我们家晚上的堂屋里总是来不少人，他们是来听父亲读《水浒传》《西游记》这些书的。那时农村没有文化生活，生产队里老的少的来我家听书是度过漫漫冬夜的唯一消遣。尽管生活贫困，但在这样的夜晚，你还是生上了煤球炉子，烧上了开水。虽然开支增大了，第二天还要打扫满地的烟头，可没听你说过半句抱怨的话。20 世纪 90 年代中期，你和父亲开了小店，于是小店成了周边村落的“小俱乐部”。父亲好客，南来北往的村民们有的来聊天，有的来歇脚；到农闲时，聊聊就留下来喝酒吃饭，你端茶倒水，烧煮洗刷，全是你一个人忙。有一次我回家，都下午 1 点多了，见父亲与村里的两个朋友还在热火地喝酒聊天，你却坐在厨房里等待。我劝你先吃饭，你说，等客人吃了，你才能吃，不然“没礼”。

雯雯智力残疾，是你晚年最牵挂的人。2008、2009 年，你在六安给亮亮陪读，可每到星期五，你就要我开车回来，主要是想看看雯雯。虽然当时雯雯有她姑姑照顾，但你就是放心不下。去年，你刚化疗结束，身体虚弱。弟弟接雯雯从寄宿的学校回来，你看她衣服脏破，头发蓬乱，拉着她的手你，竟潸然泪下：“我看你将来怎么搞？怎么搞？”

妈，雯雯智力残疾，她怎能理解你对她的一片牵挂！我们家族现在有五十多人了，从辈分上说，你也是有重孙的人了。几十个重孙、孙辈出世，你都要去看看，包上个红包。你记得他们每个人的乳名，他们每个人，不分内外，你都关心他们的成长、学习情况。

堂姐的儿子连山听说你走了，远在北京打工的他，15 日开了一天车从北京赶回来，要见“老外奶”一面。堂哥的两个儿子敬山、敬冬抢着要给你守灵。你的大侄儿忠玉虽然也七十岁了，但15日晚坚持要给你守一晚上的灵，另一个侄儿忠苍连着两晚给你守灵、烧纸。

妈，你平时点点滴滴对他们的关心，他们都记着。

妈，明天是20日，你走后的头七。按照风俗，要到今年的大寒之后，我们才能让你入土为安，而明天只能在殡仪馆祭奠你。现在是槐花正盛的时候，我们要给你扎个槐花的花球。你知道，我们老家槐花最多了，房前屋后到处都是。她不耀眼，但一旦盛开了也芳香四溢，她不仅洁白，还质朴实用，可作食用。小时候，你给我们采槐花做菜吃，称她是春天里最不浪费的花，好看而实用。

槐花落了，春天就要结束了。她化作春泥，也滋养着蓊蓊郁郁的夏天。母亲，你是槐花的花魂吗？

现在不准烧纸钱了。我只能用我的笔给你写这点文字，明天读给你听，算是对你头七的祭奠！

愿你走好！安息！

大别山人家

办公室的窗外是一片小丘岗,色彩斑斓的秋叶抬眼可见。几乎没有什么思虑,我拿起电话对学生小林说:“想到你老家去看看。”

在车子驶出城区的路上,实际上我又有点反悔之意。毕竟要去一百多里开外的山里,事先又没有与小林商议,心里涌动的一个念头就这样化为行动了。尽管小林说过几次,邀请我到他家看看,我也答应过。但真付之于行动,而且真正地就在去他家的路上,我心里又打起鼓来。小林同我说起过他的家庭,父亲在他三岁时就因病去世,他的妈妈一直没有改嫁,带着他生活。在农村,孤儿寡母的生活有说不出的酸楚。但小林告诉我,他从小长到十八岁,就看他妈妈抹过一次眼泪。那时上小学三年级,他在学校被一个同学欺负了,头上被同学打了个大包。晚上回来,他妈妈一边用手轻轻地给他揉着,一边掉眼泪。眼泪落在他的头上,凉凉的。“我妈妈的这次流泪,我永远记得。”小林说。

秋阳暖暖,秋风轻拂。车行山道中,起起伏伏、五色斑斓的秋

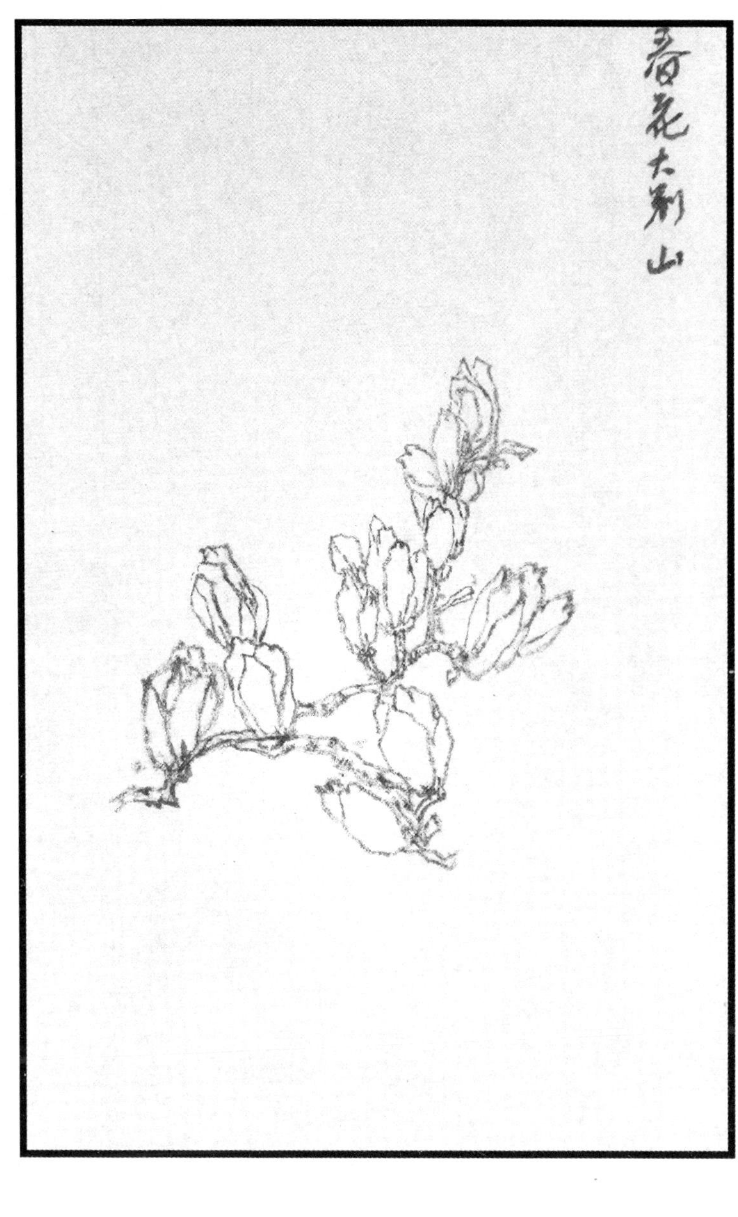
香花大别山

色让人目不暇接。车行到一个岭上,小林用手指着前方半山腰的一处人家说,那就是他家。翻岭下去,但见一条清亮亮的小溪。山村公路沿溪而蜿蜒,边上散落几户人家。小林的家就在溪东头的一处小山坡上,一条小石子铺成的小径直通到他家。小林说,这石子小径是他妈妈修的。三百多米长的小径整洁有致,两边栽种的小菊花在风中摇曳,让人顿生爱怜,清爽之气扑面而来。

小林的妈妈站在门口的场地上迎接着我们,一边笑吟吟地说着欢迎欢迎,一边用手摸着她儿子的头。她眼睛清亮亮的,身材苗条,中等个子,一口洁白整齐的牙,外表根本不像一个乡下整日劳作的农家妇女。六安有谚说,"金寨出美女,美女生山乡",这一回我真是眼见为实了。

三间砖瓦房,外加一个小厨房。小厨房的外墙边码着成捆成捆的木柴,还堆着几十个大大小小的金黄色的南瓜,墙壁上挂着一排成串的玉米。堂屋内中堂画、茶几一应整齐,四方桌摆在堂屋中间。东面的墙面上贴满了小林的奖状,从小学到高中的都有。水泥的地面也是一尘不染,刚拖过地水的印渍似乎还能看到。她家屋后的斜坡上是两畦菜园地,萝卜、白菜青青翠翠,青色与艳红的辣椒挂在秧子上分外招眼,莴笋肥,小葱青,黄了叶子的毛豆粒粒饱满。

不一会儿,小林妈妈招呼我们吃饭了。红烧鸡、清蒸毛豆米、炒莴笋片、红烧萝卜,一个青菜汤,更令人称奇的是还有个新鲜的红烧小河鱼。小林妈妈说,这些都是家产的。她有点羞赧地说:"手艺不好,别见怪。"实际上这样的有机农家菜,在我心里胜过任何山珍海味,城里也根本吃不到。在边吃边聊中,我才知道,这小河鱼是她刚刚从邻家的一户农家买的。她说刚接到儿子电话，说他的老师要来家里做客，无鱼不成席，央求别人从门前的小溪中用网现捞的。聊天中，她没有提及任何一句他们孤儿寡母十几年来生活的不易与艰辛。她说，之所以没改嫁，就是怕小林到人家家里受委屈。现在孩子读大学了，自己更觉得有依靠了，生活也更有奔头了。她说得最多的话就是，一再感谢我对小林的关心，这真让我有点不好意思。

临离开小林家时，小林妈妈非要送我一篮鸡蛋，还有萝卜、南瓜，说城里买不到。我推却，又担心伤她的自尊心。我空手而来，又吃又带，内心不忍。况且这些东西，对她来说，也是不易的事。小林告诉我，他家的收入主要靠春天采茶季。他妈妈白天采茶，晚上炒茶，一季下来，搞个一万多块钱。平时他妈妈节省着，种蔬菜，养殖，挣点钱都存着让他读书。

她站在门前的场地上与我们告别。秋风拂起了她额前的几缕头发，秋阳映着她清秀的脸庞，在空旷的五彩斑斓的青山背景下，她纤细而单薄的身体，却有力、坚定。

望断天涯路

——中国首台 ICT 商业样机研制纪实

资料 A:ICT-IndustrialComputedTomography,汉译为工业计算机断层扫描成像技术,它集光、机、电、核、计算机等尖端学科为一体,是典型的高技术产品。ICT 装置主要由辐射源、探测器阵列、数据采集与传输、扫描机械、自动控制、主计算机和图像重建与显示等子系统组成。ICT 能快速、可靠、直观、无畸变地显现出被检测物体内部结构的三维图像。其结构和主要技术并非医用 CT 的重复和简单延伸。ICT 广泛应用于钢铁、石油、汽车、航空航天、军工、机械、电子、材料、核工业等领域,具有巨大的市场前景,经济意义十分重大。

1972 年,英国人 G. Hounsfield 研制出世界上第一台医用 CT 机——神经系统的 CT 扫描机。1974 年,美国研制出第一台医用 CT-PET,并被列为当代高科技世界九大成就的榜首。

1979 年,Hounsfield 因发明 CT 技术获得诺贝尔奖。CT 被誉为这个领域里继 X 射线发现之后的最伟大的发明。

1978 年,美国人开始研制 ICT 技术。1983 年,第一台

ICT 商业样机问世，耗资 1000 多万美元。目前，世界上能研制、生产 ICT 的只有美国、德国的极少数几家公司。

资料 B：丁厚本，安徽合肥人，1963 年毕业于北京大学技术物理系，一直在核九院从事核物理、中子物理、辐射剂量学等方面的科研工作，参与我国第一颗原子弹的研制。1986 年，丁厚本任核九院五学院院长，同时兼任重庆大学、四川大学、电子科技大学、合肥工业大学、合肥联合大学的客座教授、研究生导师。1990 年，国家科委“火炬中心”确定丁厚本为 ICT 项目及技术总负责人、总设计师，主持国家级“火炬计划预备项目”ICT 的研究。1991 年 7 月，他引进调入安徽省外贸系统工作。

丁厚本现为中国核物理学会会员、国际辐射物理学会会员，其各类专著、译著及其论文 500 万字之多，并有多篇（著）获奖。近年来，他被《中国当代自然科学人物总传》《全国科技翻译家辞典》《中国当代教育家大辞典》《中国名人大辞典》等有关辞书收录。

在记者落笔写下此文之时，我们中国自己的 ICT 已被研制出来，其各项技术指标均已达到国际 20 世纪 80 年代初的水平。1993 年 12 月底，国家科委组成以王淦昌、王大衍、朱光亚、王乃彦等著名科学家为首的专家鉴定委员会，对此进行了鉴定、验收。

从 1988 年 11 月开始着手研究 ICT 到 1993 年 8 月我国第一台 ICT 商业样机研制成功，我们用了 5 年不到的时间。然而，此间的路程却艰难而曲折。

“吾令羲和弭节兮，望崦嵫而勿迫；路漫漫其修远兮，吾将上下而求索。”丁厚本教授和他的合作者们在这5年里所付出的艰辛和展露的智慧，足以显示出中华民族的脊梁们的非凡韧性与巨大的创造力。

1988年9月，四川成都，秋高气爽。丁厚本教授被一种梦想激励着。瘦削、坚忍的丁教授注定要为实现这个梦想付出无法估量的心血和汗水。

1988年9月17日，美国前德克萨斯大学教授，著名的核物理学家Morgan（摩根）教授来成都讲学。这位Morgan教授同时也是名声显赫的美国“国际数字模式公司”的老板，他领导的这个只有几十个雇员的高科技实体，每年以其高技术产品ICT创造出数亿美元的产值。在当今世界，这种现象被誉为“Morgan现象”。

Morgan教授的到来，在四川学术界掀起了一股热流。丁厚本教授此时担任Morgan教授的翻译，得以与这位匆匆而来、匆匆而去的大学者比一般人有较多的沟通与交流。一次偶然的机会，Morgan教授提到了ICT课题。敏感的丁教授目光如炬，灵性洞开：这是一个极有开发价值的领域，中国应该在此领域占一席之地！

此时的丁教授，清瘦挺拔，风神疏朗，担任着核九院工学院的院长，以勤奋、高效著称。他永远都精神抖擞、精力充沛，现在更是亢奋异常。他开始圆一个梦，一个高科技的梦。“舍我其谁?!”研制中国的ICT！他内心不可遏止的激情终于化为一连串务实艰苦的行动。

1988年10月初，丁厚本向核九院、核工业总工业公司提交请求立即开展ICT研究的报告。

10月底，上级有关部门组成的专门小组对ICT项目进行论证，但结果令人望而却步："研制ICT须耗费资金1000—3000万人民币，开发ICT产业至少需1亿元。"没有技术资料，经费短缺，有资格参与研制的人员也寥寥无几。ICT在中国，几乎一切都是空白……

丁厚本教授知难而进。他反复向上级主管部门陈请。精诚所至，金石为开。1988年11月，有关部门终于同意丁厚本组织九院工学院、九院有关所及重庆大学的技术专家进行ICT的预备性研究。以丁厚本为首的科研人员自此开始了困难重重的长途跋涉。

首先遇到的是技术上和人才的难题。有关ICT情况的整套资料是没有的，美国、德国对ICT的有关资料进行严格保密。为了查询星星点点的有关资料，丁厚本不知翻阅了多少资料，加班加点，焚膏继晷，呕心沥血。超负荷的工作，焦灼的精神状态，丁厚本终于累倒了。路长人困，拔剑四顾心茫然。但壮士心烈，百折而不挠。即使躺在病榻上打吊针，他也没闲下来，仍避开医生偷着翻阅资料，摘录笔记，一步一个脚印、一片汗水，向最终的目标艰难顽强地挺进。

1988年初，重庆大学的有关领导得知了ICT的巨大科研价值，决定成立ICT研究所。1989年5月15日，重庆大学的ICT研究所正式成立，雷闻宇副校长亲任所长，丁厚本为第一副所长，并拨给了一定的科研费用。但在人才上，重庆大学几乎没有。丁厚本白手起家，从零开始。他组织人马，亲自授课、讲解、辅导，并作

ICT 技术交底，培训了一批技术骨干力量。各项工作顺利开展，某些技术难题亦次第解决。

时任绵阳市市长的王金诚得知了这一重大科研项目及有关情况，立即给予高度重视。他与丁厚本教授商谈，决定成立“西南 ICT 研究开发中心”。这是该项技术研究最重要的转折。曙光在前，丁教授自然是只争朝夕，不用扬鞭自奋蹄。1989 年 8 月 3 日，王金诚市长与丁厚本一起前往北京，向国家科委副主任蒋民宽、工业科技司石庭环司长等汇报 ICT 研制的有关情况，受到国家科委有关领导和部门的高度重视。经研究，国家科委“火炬中心”同意立项上马。同年 10 月份，“西南 ICT 研究开发中心”正式挂牌。王金诚市长亲任 ICT 领导小组组长，丁厚本任中心主任，兼总工程师、法人代表，组织开展 ICT 研制工作。至此，ICT 的研究终于在一个崭新的高地上展开。

1988 年 11 月至 1990 年 11 月，短短 2 年，在丁教授的主持下，ICT 的研制工作获得重大突破性进展，理论上的一些技术难题被逐一克服，ICT 商业样机的设计也千呼万唤始出来，提到议事日程。

1990 年的初春时节，春寒料峭，残雪消融，丁厚本带病主持召开了 ICT 样机设计方案审定会。在严格的审定、论证后，获得初步通过。

1990 年 8 月，国家科委“火炬中心”李肇杰主任、工业科技司副司长叶吉唐一行冒着酷暑，亲临“西南 ICT 研究开发中心”检查工作，听取汇报。

1990 年 11 月，国家科委“火炬中心”正式立文批准 ICT 为

“1990年国家级火炬计划预备项目”，丁厚本为该项目和技术总负责人、总设计师，并拨款60万元，资助研究工作。

1991年9月，在丁厚本教授主持下，重庆大学的课题组研制出ICT模拟实验装置。

一切都进行得紧锣密鼓，效率也在上上下下一致努力下显示出来。

丁教授太忙了，也太累了。1987年上半年，他曾连续3次做过胆囊手术，并大出血，体重锐减29公斤。他曾在一次核试验中，因执行任务而受到超大剂量的辐射。所以当时许多人怀疑他患了癌症。按规定，他是要停止工作的。他需要休息，需要调养。但为了ICT早日研制成功，丁厚本一天也没有放下工作。1988—1991年的3年间，每年他都要累倒住院。他豁出去了，在医院里，体力稍有恢复，他就背着家人、护士，查阅有关材料，制订技术方案，并向来探望的有关人员查询情况，协调工作。不幸的是，他所付出的巨大牺牲，并没有得到应有的尊重与理解。在主要的技术难题被解决之后，课题小组的个别人为争名得利，竟撇开丁厚本另行其事。整个研制工作无法进行下去。丁厚本心急如焚，忧心忡忡，又无可奈何。为了继续研究工作，为了早一天实现ICT之梦，几经权衡，丁厚本决定调离九院，离开“西南ICT研究开发中心”。

丁厚本教授是满怀酸楚离开绵阳的。从1963年大学毕业到九院工作，到1991年7月他正式调离，他在九院整整待了28个年头。他的青春奉献在九院，他的热血洒在九院，他的师长、朋友、弟子也留在九院。对九院，他感情上恋恋不舍，事业上亦牵挂难分。然而，为了ICT，他别无选择。

壮士断腕，易水悲歌。一生襟抱未曾开。丁教授掉头不顾，亦义无反顾。雄关漫道真如铁，而今迈步从头越。此时的丁教授，心亦如铁，志亦如铁，为了ICT，他举家北上，另辟战场，再展风流。

1991年7月，安徽合肥，丁厚本教授返回桑梓。“亦余心之所善兮，虽九死其犹未悔。”ICT是他无法须臾忘却的夙愿。

对于丁厚本的调动，安徽有关部门以最快的速度办好了手续。作为引进人才，丁厚本被安排在安徽省外贸系统工作。

合肥工业大学得知丁厚本教授来到合肥，立即聘请他继续主持ICT工程的研究。此时的ICT工程，在技术上只剩下最后一个堡垒需要攻克了，那就是ICT的关键技术——中间装置。丁厚本在日常工作之余，全身心地投入了这场攻坚战中。夏日中午，丁教授常常睡在实验室的地面上，晚上加班至12点属正常。

1991年11月，在丁厚本教授的主持和直接参加下，在川大720所周永教授和九院七所张学经主任的协作下，合肥工业大学终于研制成功了ICT中间装置。此项成果被列为1991年度中国CT技术十大科技成果之一。至此，ICT的主要技术难题获得解决。第一道难关——技术问题被攻克。

从开始着手研究到现在为止，仅用了3年的时间。丁厚本教授以非凡的毅力、超人的智慧，终于登上了一座高峰。胜利的曙光开始出现。

1991年12月24日，著名科学家王淦昌教授来合肥。应丁厚本教授的邀请，德高望重的学界泰斗王老亲自视察了合工大的

ICT 中间装置,并亲笔题词:“看到贵校为主的联合攻关的 ICT 装置,并当场表演,很是满意。希望继续努力,使这个装置成为很有竞争力的商用仪器。”

作为老一辈的科学家,也作为丁厚本的恩师、益友,王淦昌教授对 ICT 技术,对丁厚本教授无疑是寄予厚望并给予深切关心的。这种关心对此时此刻的丁厚本是无价的,这种激励与厚望也给丁教授以巨大的动力。丁厚本一直是一个务实的人,深知要将此项技术成果转变为实实在在的产品,研制出 ICT 的商用样机,还有许多困难。

首先遇到的便是经费问题。高科技需要高投入,没有经费,一切都将成泡影。在合工大的庆功会上,没有丁厚本的身影。

他那时满腹心思地考虑着如何筹措到一笔巨额资金。国家还不富裕,加之旧体制的制约,要想获得巨额的资金,几乎没有可能性。合肥工业大学也不可能拿出这笔巨额资金来提供研究、开发费用。

实际上,此时丁厚本教授已经无法在合工大继续他的研究了,他所遇到的境遇同先前几乎一样。这就意味着,丁厚本教授要单枪匹马孤独地驰骋于他的疆场了。前驱者的寂寞,有谁为之呐喊?!

1993 年的 8 月,记者在秦皇岛遇到了九院理论部的林德文教授,这位 ICT 研究工作的最初参加者感慨而激动地说:“我简直不相信 ICT 已经研制开发出来。我以为老丁已停止了他的研究。堪称奇迹! 奇迹!”

创造奇迹的人往往是寂寞的人。寂寞给人宁静,使人深刻,让人坚忍,并产生智慧与创造力。

丁厚本出身贫寒。在北大读书时,他曾与同学合盖一床被子来御寒。日常生活中,他省吃俭用,除了花钱买点书,其他嗜好一概没有。在他的生活中,工资收入足矣,从来还没有迫切地想得到一笔钱,像现在这样。他知道,没有钱,也就没有 ICT。

为了寻求合作伙伴,丁厚本想尽了办法。他找到了安徽省电子工业局的王道五局长,寻求支持与帮助。王局长慨然应允,答应召开一个全国性的 ICT 应用座谈会,意欲借此找到合作伙伴。但愿望最终还是落空了。在近 1 年的时间里,老丁自己就联系了省内上百家大型企业,但因各种原因,没有谈成一家。此时的丁厚本真正体会到“栏杆拍遍,无人会,登临意”的孤独与苍凉。他自问:“难道真的要等白了青丝,空洒了热血?”

天道苍苍,不灭斯文。丁厚本不能振臂一呼,应者云集,却也有有识之士,不远千里而来。1992 年 9 月,东北大学秦皇岛分校得知了这个项目,认为前景广阔。党委书记李彻、副校长梁国秀一行人专程来合肥找到了丁教授。几经商谈,学校决定与丁教授共同签署合作协议,成立了 ICT 研究开发公司,学校投资 400 万元,研制 CHD 型 101 型 ICT 商业样机。

李彻书记说:“如果没有小平同志的南方谈话,我们也不可能胆子那么大,东北大学也不会允许我们这么干,全校教职员工也不赞同这么做。我们开发 ICT,着眼于学校的长远建设,做一番利国利民的大事业。”

款子及时到位,丁厚本甩开了膀子。组织人马、审定方案、制造机械,17 个子课题同时展开。作为总工程师,丁教授每日都工作至深夜，只争朝夕。

1993 年 8 月，秦皇岛市，山海关气势磅礴，黄金海岸游人如织。ICT 参战人员云集秦皇岛，决战正酣。

四川大学的周永教授，为解决关键部件的某些材料问题，冒着炎热，秦皇岛—北京—成都往返三趟，抢时间昼夜兼程。一下车，他不顾疲惫，一头扎进实验室。

中国科大的戴传芳副教授，从合肥临行前，匆匆少带了衣服。一场雨后，气温骤然下降。戴教授只穿短衫、短裤在实验室里加班，寒意阵阵。同事们劝他去买件衬衣，他口上说："就去，就去。"然而，他终究没时间去买。工程师丁界生、技工乔长富、丁志杰从早晨 7 点半上班至工地，一般都到晚上十一二点才拖着疲惫的身躯返回。最忙的时候，中饭也得同事帮忙带来。

李彻书记，这个当年东大的高才生，头戴安全帽，身着工作服，一身汗水，出现在工地上抢工期，他亲自爬到 16 米高处，查验焊缝，与现场工人无二。

一直关心 ICT 的王淦昌教授，在 1993 年 8 月 7 日也亲临东北大学秦皇岛分校。他此时患着癌症，每日喝夫人给他亲榨的胡萝卜汁，身体虚弱，但仍召开调度会，提出方案。他亲自为 ICT 实验室题名，与朱光亚教授一起答应主持 ICT 的国家鉴定会。九院理论部的林德文教授，刚刚做过胃切除手术不久，也带病赶到了秦皇岛。

ICT 是一项巨大、复杂的系统工程，涉及方方面面，技术上丝毫不得有误。作为"主控台"的丁厚本教授，其忙、其累可想而知。他患了重感冒、头痛、发烧，但他不能休息，实在支撑不住就稍稍躺个几十分钟。为了ICT,他的夫人、女儿帮忙打印各类文件、材料,全家上阵。这是一个令人感动且令人感激的家庭。

1993年8月,CHD101型商业样机的主要设备——扫描运动机械装置吊装进ICT实验室。全面的调试、安装作业正式开始。

1993年8月27日,CHD101型ICT商业样机总装成功;8月3日,试测模型出了第一幅清晰图像。全场掌声雷动。丁厚本教授心潮起伏。

我国第一台ICT商业样机研制终获成功!

北京—秦皇岛—合肥—石家庄。ICT刚刚起步,丁厚本教授前路漫漫……天下谁人不识君?莫愁前路无知己!

1993年8月30日,丁厚本教授、李彻书记、梁国秀副校长专程前往北京,向王淦昌教授详细汇报了CHD101型ICT商业样机的总装总调试运行情况,王老连声说:“好!好!好!大有希望!”

1993年8月31日,丁厚本、李彻一行人来到国家科委“火炬中心”汇报工作。李临西总师、王昌义副总师等听取汇报,给予高度肯定,并签订了“火炬计划”有关协议。

1993年10月8日,我国首台ICT商业样机研制成功新闻发布会在合肥市举行。中央及地方各新闻单位参加了此次发布会。中央电视台《新闻联播》播发了这一重要新闻。

1993年10月11日,河北省科委领导表示:ICT的所有问题,河北省全力支持,愿拿出800万元人民币贴息贷款,支持ICT产业开发。1993年10月下旬,正逢全国第7届发明展览会在石家庄举行,有关部门临时划出空间,展示ICT商业样机模型。

1993年10月下旬,秦皇岛市的两位市长会同银行等部门的有关官员,亲临东北大学秦皇岛分校,现场办公,落实资金等有关问题,表示尽最大努力支持ICT的产业开发。

1993年12月30日,我国首台CHD101型ICT商业样机在北京通过专家鉴定。以王淦昌、王大珩、朱光亚、王乃彦、闻邦春5位院士为首的专家鉴定委员会认为:CHD101型样机的技术指标居国内领先水平,其总体技术指标同当代国际同类产品水平接近。王淦昌院士评述说:“我们对首台样机很满意,必须继续努力,搞好商业化。”

1994年元月初,《人民日报》《光明日报》《科技日报》,中央电视台、国内各主要新闻媒体新华社,纷纷向世人宣布:中国有自己的ICT了。1994年1月20日,CED101型商业样机经严格评选,被列为1993年度亚洲CT科技十大进展项目之一。

1994年的合肥初春,春风怡荡,春光融融。丁厚本办公室里的电话铃声不断,祝贺的、咨询情况的、商谈投资事宜的一个接一个。新加坡的一位商人,意要出大价钱,欲将丁厚本也买走。丁教授一笑了之,却不禁思绪茫茫。

中国ICT的下一步目标是什么?ICT的历史性人物丁教授有何设想?丁教授说:“中国的ICT之路我们不过才迈出一步,我还要继续研究下去,力争早日实现我国ICT的系列化、产业化、商业化、国际化的目标。”

校长

校长住在镇的西头，学校在镇的东面。早晨校长将一摞作业本夹在腋下，匆匆地往学校里赶。

“校长早啊。上课去啦?”街上的行人主动地同校长打着招呼。

“噢，您早，您早!”

校长一边应着，一边不停地赶过去。校长高度近视，但除了看书、改作业，他从不戴眼镜，对方跟他迎面打招呼，他根本看不真切是谁。

这所小学的规模只有300人，连校长加在一起，教师只有8个。每个老师要带好几门课，就这样课程还是排不过来。于是就有了复式班，就是不同的年级在一个教室里上课。校长教的是数学、音乐。教课时，校长不苟言笑，不守纪律的学生常被罚站，或被教棒打手心。校长常教训我们说:“棍棒出孝子，严师出高徒。不严，你们不成才。”校长的儿子那时与我们同班，有一次回答不了问题，被校长一棒敲到头上。他头上立刻就起了个大青包，乌乌的，好几天消不下去。

学校里的几个老师都很佩服校长。校长不仅读过私塾，而且17岁就从师范毕了业，课又教得好，有口皆碑。学校里仅有的一个女老师姓孙。孙老师是从知青中招上来的，长得白白净净，眸子黑黑的，讲一口普通话。校长有一次与她正在办公室里交谈，不知怎么，校长的老婆撞了进来，一顿吵闹。不久，孙老师被调走了，是校长主动要求的。好几年之后，校长酒后吐了真言，他内心里舍不得孙老师走，但为了免是非——校长惧内。

校长的老婆不识字，一脸的麻子。她生了5个子女，三女两男，一个挨着一个。一家7口全赖校长一人的工资养活。孩子们都在读书，校长渐感捉襟见肘了。校长老婆便开始在镇上赶集收购鸡蛋，再贩到城里去。校长起初不同意，说丢面子。老婆说："孩子小燕子样地张口要吃，你让我讨饭去？"校长无奈，也就同意了。

40岁的校长头发白了一半。46岁那年，校长提前办了退休，让二儿子顶替当了名教工。校长的儿女还算争气，大儿子考上了大学，两个女儿上了中专，只有次子及小女没能考中。校长的头发一日白甚一日。

退休后的校长在家待了两个月不愿出门，有时只去小菜园里侍弄侍弄蔬菜。可某一日清晨，小镇上传出了一个新闻：校长在街上收购鸡蛋。校长毕竟是闻名十里的人，许多人认识他，也尊敬他。一开始收购鸡蛋，校长局促不安，遇着熟人，耳热心跳，渐渐地，他也适应了。农妇们从不和校长计较，一个鸡蛋，一毛或是9分，校长你说就是。人们从惊讶变为理解。校长是被子女拖累的，为子女，做父母的没什么害羞的。

校长管收购，校长的老婆专往城里贩运。晚上回家，两人在灯下将毛票一分一角地数清楚，记好账。有时多赚了几元钱，校长就喝上两口酒。这样的日子倏忽就过去十多年。校长的 5 个子女全都成家生子了。

我是去年冬天回乡时在街上遇见校长的。他穿着大棉袄，将手笼在袖筒里，远看与老农的打扮无异。他的头发差不多全白了，背有点驼。但他的记忆力很好，还能说出班上不少同学的名字。他向我打听那些后来考取学校的学生现在身在何处。当我问他大儿子的情况时，校长叹了口气说："他们夫妻两人在厂里都下了岗，现在我们老夫妻每月还得接济他们一点。"一阵寒风吹来，校长鼻孔里流出了两行清涕，他就用手擦了一把。他对我说："春节有空，你到我家坐坐吧，一晃都快 30 年了。"我允诺了。可春节因故没能去成，至今遗憾。

第二辑　叙事抒情

大别山民歌唱出深山别样情

大别山地区为楚地，楚文化影响深远。今皖西民歌中语助词“啊”字，与古时南音、楚歌楚辞中“兮”字一脉相承。近年来，据专家考证，六安、霍山、金寨等县流行的民歌曲调《挣颈红》，为楚声“活化石”。

山歌唱尽生活美

大别山民歌所表现的艺术内容来自大别山人的社会生活和家庭生活，因此，民歌跟大别山地区的生产生活内容紧紧相连，是他们劳动的创造、生活的结晶、感情的宣泄。大别山区处于鄂豫皖交界，由于地理条件局限，大别山区农业生产主要依山而耕，大别山人多以营林伐木、种茶采茶、畜牧养殖为业。山民的生产活动大多在山地林间，由此产生了大量的山歌，如采茶歌、放牛歌、长工歌、号子等，表现的手法比较简单、直接。

比如，当地结婚闹新房和建房起梁时常以合唱的方式歌之，既热闹喜庆，又风趣幽默。如《闹新房》，领：一进新人房。众：喜呀！领：新人房里亮堂堂。众：喜啊！领：左边摆的箱和柜，众：喜啊！领：右边摆的柜和箱，众：喜啊！领：一床锦被盖鸳鸯，众：喜啊！鸳鸯成对，凤凰成双，夫妻和爱，地久天长，百年好合，五世其昌。一领众和。这种现编现唱的形式最为灵活，也能吸引观众。

情歌永远是民歌的滥觞，大别山民歌也不例外。其内容丰富多彩，涉及爱情的各个方面，它包括赞慕、初识、试探、诘问、初恋、相思、热恋、起誓、离别、送郎、思念、苦情、抗争、失恋、逃婚等，如表现赞慕的有：

日头看看往西飘，
路上走个花娇娇。
十指尖尖描花手，
扇子隔脸不让瞧，
青竹挑鱼馋坏猫。

表现相思的有：

好个明月挂天心，
好个乖姐在邻村，
望着月亮难当饼，
看到乖姐难成亲，
害哥得了相思病。

太行山民歌插画
卧牛山人

从艺术欣赏和审美的角度看，这些民歌直白朴实，实际上是大别山人民人性美、人情美的极好体现。

“赋兴”抒情韵味浓

大别山民歌带有明显的吴楚风格，体现出与南北兼容并蓄的特点。这种南北风格兼有的复杂性，又使得它表现的内容奥妙无穷、丰富多彩。最显著的艺术特点是它的腔调、修辞手法和演唱形式。

大别山民歌大多保持了原始音调，其曲调大致有两类：《挣颈红》和《慢赶牛》，前者曲调较为高亢，后者曲调较为婉转。通过有才华的歌手，运用一个基本腔调，随着内容的变化而唱出不同的感情，曲调也有所变化，即情即景，出口成歌，随编随唱，对答如流。

大别山地处江淮交界地带，其文化和音乐均有不南不北、亦南亦北的中性色调，曲风明朗活泼、刚柔兼容。民歌亦具中音色彩，旋律音调更添一股清新的山野风韵。大别山民歌具有口头说唱艺术的特点，许多民歌都有口语化倾向，朴素、简洁、明快、生动。由于歌唱者的方言、语音、语调的地方性特点，大别山情歌的声腔变化、情感抒发各不相同。这些歌唱往往是“信口开河”“触景生情”“以情带声”，因而既具有山的阳刚粗犷，又具备水的婉转悠扬。其声韵旋律受楚地江南文化影响较多，风格偏于婉转优美。

在修辞上，大别山民歌“赋比兴”皆用，以“兴”为多。以“赋”

抒情法如:“俺跟二哥隔个墙,顿顿吃饭他来望。吃个麻虾留个腿,吃个鸡蛋留个黄。人家疼妻俺疼郎。”内容自然朴实,以内在感情作底,以直陈其事作面,没有丝毫的做作,韵味很浓。大别山民歌的比喻“类繁”而“切至”,有明比、暗比、排比、对比、反比等修辞。如:“小妹生得乖又乖,远远见她飘过来。走路好比蝴蝶舞,打伞好似牡丹开。爱坏多少好人才!”将走路比喻为蝴蝶舞,打伞比喻为牡丹开,更突出了姑娘的美丽多姿。又如暗比:“新打塘埂溜溜光,里栽杨柳外栽桑。东风刮来桑缠柳,西风刮来柳缠桑。树叶落在树根上。”歌中无一情爱字眼,却借桑柳相缠的形象,把情人相恋的热烈程度表现得淋漓尽致。“兴”的修辞手法在大别山民歌中用得最多,比如,以实物起兴的民歌《草鞋耙子五个桩》唱道:

打双草鞋送情郎,
礼物虽贱情意长。
愿郎把妹记心上,
切莫穿双丢一双。

“重叠”手法是大别山民歌中的又一常见修辞,主要是借“重叠”句子强调旨意和感情。大别山民歌中的月份歌,如《盘茶歌》《十二月花》《孟姜女送寒衣》《十二月望亲人》《十二月想郎》,其结构手法及布局均如出一辙。大别山民歌中衬字用得也很多,衬字在民歌中虽然没有明确的含义,它只用于增强歌曲语气感或渲染歌曲气氛,在歌曲中处于陪衬的位置。但是,由于它们都不受歌词(曲)陈述关系的束缚,能自由、尽情地发挥,因此,对充实歌曲内涵、丰富音乐形象起到重要作用。大别山民歌经常在句子的中间或尾端使用一些衬字,以增强歌唱的表现力和感染力。如“呀、啊、啦、哪、哎、哇、哈、嗷、嚎也乃啊、哎咳嗬是嗬、一子呀儿哟、一么那厢嗨”等等。凡当地习惯用的语虚衬词,都在民歌中出现过。如著名的《采茶歌》:“春季里来采茶忙(哎),哥妹双双上山冈(哟),哥在前面昂头唱(哎),妹在后面爱俏郎(啊依子哟)”,表现了青年男女的热烈欢快之情。

立足“高山”重传承

大别山民歌曾经辉煌一时,红军时期,一曲《八月桂花遍地开》在鄂豫皖苏区甚为流行,直至今天还广为传唱。一位大别山网友曾在论坛发文追忆儿时春节期间闹花灯、唱民歌的氛围,他这样写道:

“黄昏未近,便开始吃饭、化装、更衣。暮色初降,锣鼓敲起来,红灯打起来,旱船撑起来,花挑扭起来,人们汇集起来,这是出发前的仪式。咚咚哐,咚咚哐,咚咚哐咚,哐哐咚咚哐咚……突然,锣鼓的声韵即刻刹住,撑船的艄公唱起了‘门调’:

锣鼓一打喜盈盈,
大家都是爱玩人。
去年玩灯人丢了,
今年玩灯又丢人。

自从红灯闹过后，
男女老少享太平。

闹花灯逐村逐户地进行。一户门口要唱两三段门调，三五段小调。闹花灯闹得好与不好，与门调编得是否逗人也有关系。聪明的村人，信口拈来，自然天成，轻而易举，毫无矫揉造作之感；既通俗易懂，又有乡土气息，还不乏文采，可谓雅俗共赏。”

二十世纪五六十年代，大别山民歌最为风行。1960年，一曲《花伞舞》，致使大别山区各大商场花伞卖缺。该节目经过中央歌舞团加工整理，于同年参加了维也纳第七届世界青年联欢节演出，荣获银质奖章。

与大多数民歌一样，大别山民歌也经历了一个由风行到式微的过程。现在，在大别山区，能够唱出原汁原味的大别山民歌者，多为50岁以上的人，传承显得非常迫切。民歌的一个主要传承特点是歌随人兴，只有不断有新生力量在传唱着民歌，它们才可能一直流传下去。

有专家指出，大别山民歌历史悠久，曲调抒情奔放、细腻缠绵、风格独特，是我国民族音乐中的奇葩，其中以采茶调发展而来的黄梅戏已家喻户晓。今天如何发展大别山民歌，让她能与群众的审美情趣和审美需要相吻合，必须在继承传统的基础上去创新，才能创作出具有时代气息的大别山新音乐。传统的原腔山歌中有很多艺术精华，应该在重视原腔山歌的基础上，运用作曲的技法加工发展大别山民歌。同时，歌词内容必须贴近新生活，而又应保持其“山”和“情”的特色。这样才能创作出具有时代气息、易为群众所接受和欣赏的音乐来，在这方面，最为成功的范例就是《八月桂花遍地开》。

近年来，大别山民歌的传承受到大别山人的重视，六安市从2009年起，已举办三届大别山歌会，这对繁荣民歌创作起到积极的推动作用。专家认为，要发展大别山民歌音乐，既要保持传统、弘扬精华，又要大胆打破框框，吸纳其他艺术的精华和运用新时代的技术成果，才能将大别山民歌推向一个新的高度。只有创作出适合时代的作品，才能普及、繁荣大别山民歌，使大别山民歌这一奇葩更加绚丽多姿，璀璨夺目。

读书时光

鲁迅先生大约说过这样的话，为谋饭碗读书是苦的，而为求知读书方乐。对读书人而言，这苦与乐的两种境界，我想都得要经历吧。然而，读书的苦时光，回想起来总不免有点不堪回首的况味，像中学时代，为了高考读呀、背呀，整日地埋头于几本教科书及参考资料之类的境况，对我虽已过去了将近二十年，可稍一回想，仍不免吸一口凉气。

在大学里读中文系向来被认为是轻松惬意的事。然而，走过大学四年路程的人都知道，这说法不过是黑色幽默而已。不过，学中文，外表上的确轻松自在，如果你只图个考试过关，只要背好笔记就可以了。王明居先生大约现在已不再给大学生们上课了，我至今还记得他当年给我们的谆谆告诫："学中文，浅，肤浅得不值一提；而深，则深海无边。一部《红楼处》就够你读三遍、五遍，一辈子。"王老先生讲课多用四六骈言，文采飞扬。第一节课他给我们这些新生就开了 30 多种的参考书目，但嘱咐得挺有意思：能读就读，不读也行，考试不考。现在回想，他大约是借此培育我们读书以求知的兴趣吧。

在大学里真正尝到读书乐趣是在大二之后。这时，对上课、考试的有关程序已熟稔，而心也渐沉静下来，正是读书的好时光。在大二，我有意识地差不多读完了现代诸子们的所有散文作品。在鲁迅、周作人、郁达夫、萧红这样一些风格迥异的大家作品面前，我过去心中杨朔式的散文模式轰然坍塌，而伴随着认知与审美上的愉悦更令我难以言传。我想读书的乐趣，大约就在这些地方吧。

《鲁迅全集》《郁达夫文集》《史记》这三部书是我在大学四年中所花时间最多，也是从中获益最大的三部书。每日的黄昏过后，夹一本厚厚的《鲁迅全集》和一个笔记本，在教学楼或图书馆里寻一个安静角落，阅读便开始了。有时阅读也不局限在校园里，星期天或自修的时间，我就常到户外去。记得在暮春或晚秋的时节，晴日的时候，我常到赭山上寻一块草地，坐下来静静地读一个上午或下午。读累了就可以游目骋怀，看看江山胜景。而在夏季雨天的时候，我常溜到镜湖的柳春园里坐着读书。门票一角钱，一壶茶两角钱，关键是极静。雨天游人少来，在满湖烟雨中静静地读书，感觉上便是一种享受。背山临湖的安师大，实是学子们读书的好地方。大二、大三、大四的三个暑假，我基本上是在学校里度过的。我想我现在的一些中文的底子，主要是在大学里打下的吧。

出大学校门，倏忽已十年了。毕业以来，读书也是有的，但那种笃心求知的氛围、心境几乎没有了。人的一生不能两次踏入同一条河流，我知道，过去了的，便永远随风而逝。

过年琐记

腊月二十三，农家人谓之“年头”，也是“送灶日”。在灶前燃起两根红烛，烧着一炷清香，然后扔出三个爆竹，洒下一把碎草——喂马用的，念上一句“上天做好事，下界保平安”，灶神即送完毕。

大年三十以同样的礼仪接过灶神之后，是门闩一插，家家就寝的时候。做母亲的这时把新衣、新鞋拿出来放在儿女的床头，再次嘱咐了大年初一所忌的言辞、行事。诸如不可说鬼，不能弄翻凳子、打破碗碟之类。总之一条:不吉利之话、之事不可说、不可做。对大一点的孩子来说，这也并不难，麻烦头痛的是那些刚蹒跚走路、才咿呀学语的雅童。为安全起见，父母在临睡前总一遍遍地交代。大约孩子因此而厌烦了吧，竟稀里糊涂地点了点头，或机械地重复两句以示记住了，其实未必见得。

我有一侄女，前年过年刚满三岁，话说得结结巴巴。大年初一早上随父母去拜年，父母问一声好，她也学着一句。咿咿呀呀的稚语童音，扑闪扑闪的透亮眼睛，小苹果似的脸蛋博得合家欢笑。你抱去吻一口，她抱去吻一口，都夸她聪慧伶俐。可不料，年

事已高、仍未起床的奶奶不在场被她注意到了，于是便问："老太太在哪？"还没等得及大人的回答，接着便是一句，"是不是打针去了？"她的母亲怕她再说些什么，急得用一片糕往她的嘴里一塞，呛得她两眼一翻，"哇"地哭出声来。想当时她是怎么也不会理解为什么的。其实侄女所说并非无道理。奶奶年前几天确实请医生打过针、看过病。而她碰巧在我家玩，大概因此埋下说这话的种子了。父母从小即教孩子说真话，可孩子说了真话，有时却遭到了大大小小的麻烦。

西方有愚人节，狂欢狂乐，尽情所至就不提了。即如圣诞节，虽也讲吉利，但所忌避讳之事确实没中国的年节这般繁多。儿时逢年过节，心里是既欢喜又有点忧虑，大年初一，更不敢恣情玩乐，生怕做出不吉利之事。自己倒也无所谓，累及家人不快倒是不情愿的。乡村鄙野虽说经过了几十年的移风易俗，但几千年积留下来的传统习俗要想一下清除，也并非易事。

我家的隔壁是王三叔家。他是个在远村近邻都闻名的迷信老头。别的不说，单写春联，他年年非要跑到十里外去请一个老先生来，原因是老先生的字写得好，能带来一年的吉祥。1982 年，我考入大学，寒假归来，他却一反常态，要我去写春联。我毛笔字丑陋不能上墙，家里的对联还是由父亲写居多，所以坚决推辞。而他却强求，非要我写。缘由我是大学生，手气红。不得已，我还是去了。可去年暑假回去时，我听说他家的一头猪死了。当时我便担心王三叔将其与写春联一事联系上。去年春节，他也的确没叫我去写了，弄得我有点惶恐。疑心是不能不有的，可也有点安慰——他的儿子去年也考上了大学。

合肥西乡

夜漆黑，李府里烛火通明，宾客寒暄，一派欢乐景象。这是李府的夜宴，也是众将士最开心的聚会，太平军已被剿灭，不仅李鸿章被封为世袭一等伯，其麾下的张树声、刘铭传、周盛波等也都一一获封赏。宴会大堂突然安静下来，李鸿章端了酒杯，站起来说："感谢诸位跟随李某出生入死，你们个个功勋卓著，我要敬每人一杯酒。但今天的第一杯酒不知从谁敬起。现在我出个题目，谁答出来，我这第一杯就敬谁。"淮军十几个大将个个竖起耳朵，屏声静气，听大帅出题。李鸿章说："题目很简单。从你们进我家的大门开始，到这后堂，请问一共有多少个台阶？"李鸿章出完题，眼神一个个扫过众将之脸，扫过一遍再开始回扫。大堂上静得连掉下一根针似乎也能听得见，几分钟过去了，有人头上开始冒汗，有人开始回避大帅的眼神，却始终无人作答。众目睽睽之下，失望之情慢慢地从李鸿章的脸上漾起。正在这当口，只见身材不高的刘六麻子站起身来，用洪亮的声音回答："大人，如果我没记错的话，一共是 17 级台阶。"李鸿章大喜过望，连说道："省三，省三，好才，好才，今天这第一杯酒，我敬你。”说完，他一饮而尽。因为李大人作为统帅，曾反复叮嘱手下，兵者生死大事，凡到一地，于山川河流、伏隐逃遁之地一定要考察清楚。大帅借家宴对属下进行考试也是再次强调。

我现在清楚地记得，给我讲这个故事的是我们村的老范。他是个地道的农民，50多岁，虽不识字，但他的故事多。他讲的这一个刘六麻子的故事，虽无法考证，但活灵活现，像是他亲身经历的一样。他说这些故事是从小听他祖上讲的，刘六麻子就住在刘老圩，离他家祖上的村子不远。在老范的心目和故事中，刘六麻子就像他邻家的兄弟和朋友，崇敬而亲切。我小时候不知道刘六麻子就是后来载入史册的刘铭传。我至今也不知道老范家的身世，或许他家祖上发达过，或者在铭字营里效过力，有过军功。但到他这一辈已是穷得叮当响。

老范家在全村最节俭，比如说，初夏时，他家早上喝粥，每人碗中只发一根咸豇豆，第一碗稀饭，孩子们就着咸味吃，第二碗吃半根，第三碗再吃另一半。所以，他的几个子女在早晨一起喝粥时，就非常羡慕同村的一碗稀饭至少可以吃两根豇豆的我们。在我的记忆里，夏天，老范从来就没有穿过上衣，一条粗布长方形的大手巾披在身上度过一季，太热了就在水里一浸再披在背上，晚上在水塘里又用它来洗澡。他整日地劳作，似乎没有歇时，只是在冬天的长夜，在生产队的牛棚中，他才口若悬河地讲起那一肚子的故事，吸引我们这帮孩子津津有味地听他天南地北地扯，从杨家将到朱洪武、刘六麻子等等。我至今也不知道他的故事从哪里来的，要是他能活到现在，我肯定要去问问。老范去世得早，那是个夏天的傍晚，他从田上耕作回来，见场地上还晒着稻谷，正好有点风，他便将稻谷收起堆来，抄起木掀来扬谷，除去稻谷里的稗子与瘪谷。然而他却一头栽了下去，再也没有醒来。他倒在稻谷堆上，双脚沾着泥巴，光着黑黝黝的脊梁。今年初我看了一本关于淮军的书，书中有张士兵的照片，我忽然发现其中一人脸型极像是老范，心里一惊，猜测这该是老范家的祖上，至少也有血缘关系，毕竟老范家祖上就在潜山脚下，标准的合肥西乡之地。但这些都已无法考证，只能是我心中的臆测。

合肥西乡这个概念最早是从老范口中得到的。可实际上，在上高中前，我都对西乡没有什么特别的亲近感，我渴望平原，渴望大江大河，高山入云。至于易旱的丘岗，小块田畈的西乡，我总觉得是穷乡僻壤，不是风水灵秀之地，我根本不知道这块土地上曾有过淮军的辉煌。二十世纪八十年代初，我在肥西农兴读高中，除了教科书，我对历史知之甚少，只知道周老圩子是个地主庄园，却不知道这是周盛波、周盛传的发源地，更不知道周家兄弟在天津竟有甚高威望。直到后来，我才知周家兄弟的部分历史。周家兄弟跟随李鸿章从合肥起兵，分别充任“盛字营”“传字营”亲兵哨官。同治九年，周盛传所部盛军 9000 余人调往京津屯卫畿辅。防卫之余，所部兵士兴建大沽、北塘炮台及其附属各项水利工程。周家兄弟开拓小站垦区，一改昔日盐碱荒滩而为富饶的北国江南、鱼米之乡。李鸿章在自己麾下的各营中，最看重周家兄弟的人品，每当战事危急，周家军必护佑其左右。周盛波功成之后，不念功名，反复辞官，回到周家圩子侍奉在堂老母。老母去世，周盛传奔丧回家，在亡母灵前，“日伏苫次，哀痛过甚，以致牵发旧伤，创痕迸裂,呕血数升”而竟亡去。后人在今日的津南小站,设有纪念周盛波、周盛传兄弟的两座祠堂。今天老天津中,操合肥方言者,必肥西之后裔。

我在农兴读过一年高中,班上有一同学姓周,我不知他是不是周家后裔。但那时他也是家境困顿,像大多数农家同学一样,每周带一大瓷缸咸小菜,以此拌饭下咽。他家离校近,一般周三回家再讨一缸来,以济周四、周五就已没菜的同学。可以说全班大多同学中,没吃过他菜的极少。老周为人之豪爽,为全班所共仰,凡班上同学有疑难急事的,只要找到他,他都想方设法去帮助解决。现在想来,这些义气或许有遗传的因子。但就是这位老周同学,曾与另一欺负他的富家子弟打了全校闻名的一架。原因是,这一富家子看到老周的咸菜冷嘲热讽,言激之下,一口吐沫吐在上面。老周二话不说,上去就是一拳,还打了他几个嘴巴。老周后来因这一架被取消预考资格,也被剥夺了参加高考的权利。但同学聚会,忆及往事,大伙儿对老周这一架都激赏有加,说老周“有种”。

淮军的主要兵员分布在合肥西乡与合肥南乡,西乡之范围(大约在今天合肥、上派镇之西的山南、农兴、官亭、小庙、南岗、高刘、将军岭等镇,及长丰、寿县部分),今天的六安椿树、双河、张店、三十铺、东桥等地应都是西乡的范围,地形上是江淮分水岭地带,历史上向来是贫瘠之地。但这块贫瘠土地上走出了一批杰出之才,在近代史上闪闪发光。

冬日,我登上紫蓬山顶,瞭望脚下的土地,刘铭传、周盛波、张树声、村上的老范、同学老周,这些影像竟纷至我的脑间,古今不分。冬日静谧，我在寒风中思考，究竟是什么成就了刘铭传、张树声、周盛传兄弟，时代风云际会可算是天时，但合肥西乡民众的勤俭与吃苦耐劳、义气干云正是很重要的方面。能够青史留名，绝不是出于偶然。他们成功的背后，站着一大批像老范、老周这样的我乡百姓。作为合肥西乡的一员，我有理由为他们骄傲，也值得为普通的他们留下一段文字。

红色的大湾

大湾地处大别山腹地，土地革命战争时期，这里多少人参加过红军，无法统计准确。千家坪圣挂尖脚下有株巨松，雄姿挺拔，坚韧遒劲，已经六百多岁了，仍然“枝如铜、干如铁”，当地人叫它“红军松”。大革命时期，鄂豫皖苏区某红军游击师一大队大队长俞天奇在一次战斗中不慎落入敌手，敌人将他捆绑在大松树上，百般折磨，但俞天奇坚贞不屈，最后死于酷刑。俞天奇牺牲后，为了纪念他，当地人便把这棵大松树叫作“红军松”。

“红军松”不仅表达了老区人对红军的景仰之情，也是红军精神的象征。大湾村民汪才平说，他父亲在世的时候讲过，只要是贫苦家庭，家家都有红军，有的是全家参加红军。很多人都战死了，有的是全家都战死了。金寨据称有 10 万红军，这或许还只是不完全统计。因为参与汪姓家族的修谱汪才平，在走访中，了解到了部分汪姓居民曾参加红军的情况，他给我提供了一份长长的名单。由于种种原因，后来红军的失散人员也不少，鲍贵枝就是其中的一位。1929 年，鲍贵枝 18 岁，在立夏节暴动的日子里，他和同乡好友郑祖寿一起当了红军，在万正凯的独立团一营三排当战士。这年秋天，独立团转战到湖北英山。可鲍贵枝患了严重的疟疾，不能随行。后来为了躲避敌人的追查，他们在河里放排，还经常给西岸的地下党送情报，以及食盐、粮食等。1955 年，梅山水库修建，古城畈一带的人们被迁移安置在帽顶山脚下，可鲍贵枝选择了安置在白水河，因为这里不仅有当年红军独立团团长万正凯的家，曾经的战友袁成泽、袁大哲也住在那。这些当年的红军失散人员一起居住，并肩劳动。1992 年，这位传奇老人走完了他 81 年的人生旅程，和当年的战友万正凯、袁成泽、袁大哲一起长眠在白水河畔。

大湾的汪家老屋，因为地近徽楚古道，四周又有大山环绕，便于警戒，抗战之初被选定为安徽省工委所在地。1938 年 4 月中共安徽省工委成立，5 月迁至金寨桃岭，6 月由于日寇进攻六安，工委迁到汪家老屋，10 月撤工委成立鄂豫皖区党委。那时，党的许多高级军政领导人曾在这里工作、生活，开展敌后抗日斗争，如李先念、董必武、方毅、张劲夫、彭康、郑位三等等。著名抗日将领、新四军军长叶挺将军是 1939 年春天来到大湾汪家老屋的，新四军四支队兵站同时迁到汪家老屋，对外称“新四军兵站”。大湾的老人回忆，叶军长身着制服，骑着一匹黑色战马，威武英俊。汪家老屋由于先前住进了一批我党军政人员，原来宽敞的房子显得拥挤，部分干部和工作人员只好分住在白水河东岸、汪家老屋对面的袁家。叶将军一行也住在袁家，一住就是好几天。村子的东北角的树林里有一块平坦的草地，人们时常见他在那里写东西，打太极拳。白天，叶将军常去河西的汪家老屋开会、议事。有时他也和相遇的老乡攀谈几句，十分随和。叶挺将军在离开大湾前，还特地送给房东一块布料作为酬谢和纪念。1981 年，汪家老屋被列为省级重点文物保护单位，并确定为爱国主义教育基地。

1947 年，刘邓大军挺进大别山，从大湾一带经过，当时曾有一部驻扎在大湾村的周家祠堂。今年已 70 多岁的周益学至今还记得他小时见到的写在祠堂墙上的一首诗："将军打马向南行，黄石青苔莫久存。花羊有意献荞麦，白水无情到柳林。勒住马鬃拜石佛，揭去帽顶朝观音。前途又闻锦鸡鸣，父子相逢流泪坪。"这首诗里，黄石、青苔、花羊、荞麦等均为当地地名。有人说这首诗是当时金寨县第一任书记白涛写的，但不可考。但从对地名的熟悉情况看，应为熟悉当地地理山川的解放军干部所写，以地名入诗。而今，我们依然能够读出刘邓大军如入无人之境的豪迈情怀。

犟孩子

小时候我脾气很犟，因此，挨“惩罚”便免不了了。那年夏，天大旱，土地龟裂，禾苗枯萎，河塘渠堰随着那古老水车连天带夜地“咕噜咕噜”叫，也一个个地见了底。然而，童心的我此时倒是觉着无比快活。因为，不知怎的，那不停转动的古老水车，那劳作时洪亮、悠长、节奏明快的车水号子，竟使我着魔一般地迷上了。特别是那十几辆水车卧龙一般首尾相连，几十条青壮汉子，袒胸露背，酱油似的强健肌肉的胳膊，随着号子的节奏一伸一屈、时缓时急的场面真是令人看不饱。所以，尽管烈日炎炎，大气如蒸锅一般，我却全然不顾。可想而知，我那细嫩的皮肤，因此熏晒得如那熟葡萄一样了。母亲真是又痛又恼，无可奈何至极，只得特地买了个大布伞，让我遮阳，尽我的性子。因不让我去，简直行不通，我会永不停息地哭闹，就是嗓子哑了，眼泪干了，仍会张着嘴巴干号，只到意愿能被满足为止。我的这种犟性子，有时真是使母亲气极了，边打边骂说：“怎么生出这个犟种来！”

那会儿，我对这水车入了邪似的，一个大热的白天看下来，仍不餍足，当夜幕中又传来那断断续续的车水号子声时，便又神驰。于是，我哼哼唧唧地又要母亲带我去，可母亲不予理睬了。反正是晚上，不怕我因又热又哭而弄坏身体。我哼闹好大一会儿，见母亲仍是一边摇着扇子，一边轻晃着摇篮里的妹妹，真是火从心起，冷不防一个步子冲上去，扯掉摇篮上的蚊帐，抓起不到周岁的妹妹便往地上拖。妹妹惊吓得哇哇大哭。毫无疑问，结局是我的屁股挨了好几巴掌，我号啕大哭起来。可哭归哭，“要求”仍是坚持的：“要……去，要……去……”，我终究是哭着睡着了。

20 世纪 80 年代初期，顶职之风盛行。为了端个铁饭碗，许多才 40 多岁的父母从岗位上退下来，让自己的子女顶替上岗。我们班上有几个同学，有因为顶替父母工作的，辍了学，上班成了公家人。有位同学顶了他父亲学校食堂伙夫的职，也扬扬自得。我祖上几代都是农民，哪有工作可顶替？父亲好不容易找了个大队稻米加工厂的临时工，问我去不去，我断然拒绝。我说我要考试上大学。我那时一腔意气，虽然我知道，考试如无望，就可能一辈子种地，可一头犟上了，坚决如一。1980 年夏天，高考果然败北，我真的就要一辈子“面朝黄土背朝天”了？我心里暗下发誓，一定要复读去，就是自学考试，也要去上学。好在父母支持我复读。这样，经秋历冬，入春至夏，凡两载，我终于成功考上大学，虽未进理想中的北大、清华，可毕竟是跨进高等学府的大门了。乐时静思，我真是感谢我那犟脾性。无此，我岂能自己择路？无此，我也岂有勇气、毅力，还有信念去走读书这路？

偶有一得，便可足意。所以现在我对这犟脾气也不怎么后悔了。思虑一番，我觉得这犟还是得大于失的。这犟实在是培养个性的温床，取得成功、进行创造的本原所在呀！而由此，我竟想到了今天孩子们的教育上来了。诚然，时尚仍奉行着听话便是好孩子的价值准则。然而，让孩子一味地听话，是不是就能培养出好孩子呢？家长、老师一味地只强调惩罚那些不听话的孩子，是不是压抑了他们的天性？养成那种过分驯良、安分的性格，扼杀了个性。我这里倒不是主张不要孩子听话，然而，听什么样的话，确实是值得思考一番。因为，谁也不能肯定，我们要求孩子所听的话都是正确无疑的。由此，我们是不是还可以进一步推想到：今天我们民族素质中的最大弱点——安分、驯良，是否从孩子一出世就培养了呢？所以，我们真的还得喊："救救孩子！"让他们走自己的路，发展个性，进行创造！

买书记略

第一次购书，现在一想，竟是20多年前的事。那年冬天，父亲带我从乡下到合肥城里来见世面，我第一次见着了层层的高楼，往来不断的车辆及匆匆而过的行人。在四牌楼的新华书店，我也第一次见着了那么多的书。在书店里，我缠着父亲要买一本小人书。实际上，我那时刚上一年级，字认不得几个，只是见着班上有个同学拥有一本小人书，每日宝贝似的炫耀，自己便也想有一本，让人称羡。我现在也记得很清楚，那本小人书的书名叫《阿福》，一角八分钱，讲一个叫阿福的越南少年如何智斗美国鬼子。虽说从严格意义上讲，这不能算买书，然而，搜寻记忆，自己在整个高中之前，真正意义上的买书也的确没有。生在乡村，贫困和贫乏是记忆中的最深印象，无钱买书，也无书可买，等至读高中，也不过是仅买几本复习资料而已。

所以，真正讲买书，是从我读大学时起。芜湖中山路大众电影院隔壁的新华书店，是我在读师大的四年中常光顾的。师大学生每月可得国家供应的十八元的伙食费，而父母每月可给我二十元左右，当时，每月有二三十元做伙食费，足可吃得很不错了。所以，我除了毛巾、牙膏类的开销，剩余钱基本上都可用来买买书。书价也特便宜：一本厚厚的《宋词选》才两块五，黑格尔的一套《美学》，4 本一起，五元钱不到，一般的书，一元钱左右。新华书店里卖文史哲类书的是一个年轻的女孩，接触次数多了，便也熟识起来，虽因男女间的矜持而没通姓名，但点点头，一个微笑便表明了一切的言外之意。她有的时候向我推荐刚到的书，有时帮我留下钱不够而不能买的书。可惜，她不久便不知调往何处去了，所以，我至今连她姓甚名谁也不知道。

学生仍是很穷的，许多书虽心爱但买不起。但在芜湖的四年中，有两次让我们这些穷书生乐开了怀。一次是新华书店搞折旧书销售，一次是师大图书馆进行破损书处理。不少学生连课都不上了，赶去挑选。场面拥挤，每人都怀抱了一大摞，所花钱也不过十元。师大图书馆的破损书处理尤为便宜，像"文革"期间出版的月白色封面的《鲁迅杂文集》单行本，每本一般一角钱，不超过一角五分钱，且几乎是完整无损的；稍有破损的人民文学出版社的《红楼梦》，一套才两元钱。现在我的书架上还保留着一套《鲁迅杂文集》的单行本，就是那时淘来的。这样的花小钱可以买不妨碍阅读又有价值的书的机会，实在是难得。

进大学门时，我除了带上行李帐被，是空空行囊。而离校时，我竟有了两纸箱的书籍。到工作单位后，我分了一间房子，首先就买了个书架，分门别类地把书摆上。四顾室内，一床、一桌、一椅、一书架，倒也颇有安慰，心安理得地想，自己也是个读书人了。

在校读书时，我就常想，等以后工作了有钱了，至少每月拿出三十元买书。可真的工作了，当时工资不到一百元，除去开销也所剩不多，有时遇到人情往来，还要负债。又要考虑为以后结婚攒点钱，不能再花父母的钱，手头真是紧而又紧。因而买书的钱，真是少而又少。我虽常跑书店，也是看多买少。而此时的书价，却一个劲地涨、涨、涨，越来越让人承受不起了。我做学生时，即想买一本精装本的《鲁迅全集》，1987 年又正逢此书重印，时价不过一百元多点，而手头不知怎么正没钱。我一日之内往返了三趟新华书店，细细地将书抚摸一番又忍痛离去，狠狠心想以后再买吧。可到 1989 年时，总计 16 本的此套书便涨至二百元之多，我也只能望洋兴叹！穷书生一个，鱼与熊掌不可兼得，大约每个读书人都有此经历吧。

恋爱、结婚、生子，毕业后纷纷攘攘地就进了三十岁，按理说，现在的经济条件总稍好于以前，可以实现做学生时的梦想。但现在的书价涨得更高了，就是薄薄的一本书，没个三五十元买不下来。岳麓书社的一套《古典名著普及文库》，书价算是便宜的，但其中的一套《汉书》也还要四十多元。出版社得讲究经济效益，书店也要获取部分利润，有些学术书籍印数少，定价就更高，只苦得读书人常常对书兴叹，徒生感慨。

读书人没钱买书，有钱人却不要读书。有时，我坐在书房里，看自己节衣缩食，渐次积累起来的几架书，似有安慰，可又常怀疑：这些书，对我有什么用？

买书酸甜只缘痴

读书人没有不买书的。有人说,你可以去借,图书馆或熟人都可以借,何必买?这其实是不大懂读书人心理的门外话。书可以借,但于真正爱的书,读书人是欲占有。他买去后,可能也就是爱抚两遍束之高阁,可若不占有,总于心戚戚。况且,拥有爱书的读书人,多深藏如宝秘不示人,何以言借?所以,读书人一般不轻言向人借书,自己的书也少外借,偶尔借出,也如魂魄出窍,常念念不已。这是一般读书人的心理吧。

书读得越多,所钟情之书就越多,爱念生,并欲占有。而书生文弱,钱少书多,无穷感慨生焉。胡适当年已是学界名人、北大教授,以重金购得一部《脂砚斋重评石头记》后,狂喜之余,又不禁叹道:价太高太高!郁达夫也曾感言,尽写文章为买书。董桥更感触良深地说:“爱书越痴,孽缘越重,注定的,避都避不掉。”

我辈虽不比大家,书买得也不多,但断续相积十几年下来,也有四五架了。有时,我独坐书房,念购书情状之种种,也不免感慨百端。1986 年,我毕业前在芜湖购得《心理学的体系和理论》一书上册，下册不及。于是，我在给女友的信中请她常跑书店代为购之。凡四月二十封书，每每提及询问。她嗔怪道：真是个迂先生。1987 年秋，合肥“黄山书展”首届展，我为一套《鲁迅全集》，日竟往返三次，拿起放下，拿起放下，爱抚不已又虑太贵，终究遗憾未得。深夜里，我躺在床上，户外月白风清，自己的两行热泪不知什么时候流到枕上。1989 年暮春，我携妻游杭，在西湖岸一书亭购得张岱的《陶庵梦忆》《西湖梦寻》，欣然不禁。于是我租船拥妻，读书，在湖上漂荡半日。自忖有湖光山色，佳人爱书之享，半日也足抵平生矣！1991 年夏，我在西园某出租书屋里偶见米兰·昆德拉的《生命不能承受之轻》，虽早已阅过，仍欲购下。老板乃奸商一个，见我心切，非要二十元才卖。此书定价不过二元二角。我掏出钱往他面前一掼，拿书就走。今思之犹觉太痴！

近年来，书价火箭似的往上蹿，这真真愁煞了读书人。不买难过，买又价贵，常有鱼与熊掌不可兼得之叹！韦君琳兄是新华书店的老主顾，他每日下午多去逛逛，自云过过眼瘾，而又常手痒不禁。前些日，我在四牌楼天桥遇见他，询他近来买了什么好书，他竟不答我，只用手梳了梳稀落的头发，恨恨地骂了一句：“太贵！”我们默默相对，看夕阳下，市声如潮。

皖西的山与水

皖西以大别山而著称。“屏障东南水陆通，六安不与别州同。山环英霍千重秀，地控江淮四面雄。”这首清代人咏六安的诗，尽说出了大别山的地理特征。大别山襟江带淮，西接桐柏山，莽莽逶迤东来，千里横亘南北。但当你走进大别山中时，你会发现她的山山岭岭又不是很高，相对高度六七百米为多，奇峰峻岭也难见。其山形多为椭圆形，当地人称为馒头山形，属于咋看不上眼，但层峦叠嶂，一山又一山相连，整体上又气势非凡。黄山的天都、莲花二峰，奇秀挺拔，每攀一步都有心惊的感觉，而大别山的白马尖，作为大别山的最高峰，一路爬上去，绝无奇险。皖南的山如少年的倩女俊男，风貌神秀，而大别山则更像一个内蕴深厚的中年人，从表情中看不到内心的深沉。就从山名而言，大别山一些山峰的名字也多土味，什么猪头尖、道士尖、马鬃岭、白马尖诸峰，也多以凡物称名，绝不会让你听到名字就有诗意逸飞的感觉。

但大别山的丰富多彩不亚于任何美山美地。马鬃岭的苍茫、杜鹃岭的烂漫、大峡谷的深幽、天堂寨的原始都会让你一见钟情。

春天你进山，一路上山花烂漫，映山红遍，空气里散发着一股淡淡的草木与野花混杂的幽香。夏天进山，草木葳蕤，凉风徐来，山鸟和鸣，野鸡与山羊不时在林间乱石草中掠过，山溪叮咚与蝉声虫鸣交响。秋天则满山绚烂，五彩纷呈，银杏金黄抢眼，乌桕红得让人心颤。到了冬天，大雪一飘，白皑皑一片，山河静穆。这时坐在农家里，不去管它火盆松枝发出暴烈的响声，只管方桌上几人围坐，就着两个小火炉你来我往喝酒闲话。2018 年冬，我在马鬃岭下大湾村采风，一夜北风紧，飘起大雪。晨起，四望皆白，天地静穆。房东老汪说："喝酒的好天气，今天我们要好好斗一杯啰。"两人相视而笑。

有山必有水，大别山的水便是淠史杭了，淠河、史河出大别山北麓，向北入淮，杭埠河出大别山东麓，流巢湖而入江。淠史杭三条河中，最大的河当数淠河，古称为淠水。淠水又由东淠河、西淠河两条河流相融而成，西淠水发源于金寨的大山中，东淠水则出于霍山境内的群岭间，二水在苏家埠两河口相汇，泱泱北去入淮。

大别山中千溪万泉汇成淠水，淠水也成了皖西的母亲河。先前，淠水在苏家埠之上，只能通筏，苏家埠之下，则水深行船。几十年前，站在淠水之岸，向上望，隐隐青山间，竹筏联排而来，所载大别山之原木、茶叶、茧丝、桐油、木耳、野味等各类山货；向下望，各类行船绵延不绝，大别山中所需之食盐、大米、绸缎、烟草、铁器、洋油等各类生活生产物资在此上岸，经万千山道入山。苏家埠因码头而闻名于天下，茶肆会馆店铺林立，少年名旦妖姬歌行，日夜人声鼎沸，天下称其为"小南京"。

1958 年，淠史杭工程开工，在苏家埠的两河口开建拦河坝，开挖淠干新河，沿等高线走江淮分水岭的山冈，将淠水送到了合肥、滁州等地。从1958年开建，到1972年淠史杭工程基本建成，十多年的时间，数百万皖西人民用铁锹和箩筐手挖出这条举世著名的水利工程，其艰难困苦与生生不息的奋斗精神，今日想起，令人肃然起敬。

在我儿时的记忆中，淠水永远是清凉凉的。炎炎夏日的中午，牛会挣扎着缰绳往蓄满了淠河水的塘里钻，只将鼻子和一对牛角露在水面上。我们小伙伴不敢下塘的，也在流着淠水的小沟渠里浸着身子，只露个眼睛与牛眼对望。夏天的晚上，村里的男人们在这流着清凉凉的淠水的沟渠里泡上一泡，便将一天的劳累与炎热洗净。2006年，我到六安第一个要去看看的地点，就是两河口的横排头。看着巨大闸门下汤汤淠水顺淠干北去，儿时关于淠水的各种记忆竟一时涌上心头。

淠水之于我也是温馨所在。少年时代，农家生活困难，但凡淠水所灌之田，皆盛产泥鳅、黄鳝、米虾、田螺。我们春天钓泥鳅、抓黄鳝，夏天网米虾、捡田螺，不仅改善了家里的生活，也体验到了大自然中的无限乐趣。我最早的记忆，就是在夏天的夜晚，等月亮圆圆地挂上天空，我就跟在母亲的身后，手提着小竹篮子去水塘里网虾，半条塘埂走下来，就能网上一竹篮子的白米虾。母亲说，有淠河水的地方虾肥。

在六安工作的16个年头中，我见证过淠水上游的黄尾河、姚河、漫水河、清水河、青龙河、宋家河、东西溪河等大大小小的山间清流，也行走过淠河下游的马头集、淠东、新安、顺河、花园等两岸平阔的地带。雨雪霏霏，抑或艳阳高照，不论小河淌水，还是大河弯弯，淠水都给我一种亲切的力量。如果一个人的人生注定有一条河，那淠水就是我的生命之河。

2006年，我踏上皖西这块土地工作，算起来竟有十六个年头。十六年行走在皖西大地上，她的山山水水、风俗民情、各色人等，回想起来，似清晰而又模糊的一大片。正如满墙的各色照片，远看是色彩斑斓的一片，细端详方才细节可辨。“我挥一挥衣袖，不带走一片云彩”，诗人的潇洒，我做不到。我要摘一片大别山的红叶，掬一捧淠河的清水，当作纪念，写上这一段文字，算是告别。

湃水谣

月亮升起来，水塘里的水草在月色下显得芜杂朦胧。母亲将长长的虾网投向水草处，然后再轻轻地拉上来，虾网里便是满满的活蹦乱跳的白米虾。我扶住竹篮，母亲将这清亮亮的虾倒入篮中，又向下一个水草丰茂处投下虾网。如此反复，母亲带着四岁的我绕着塘埂走，约莫半小时的工夫，这竹篮就快装满了。

“这水塘怎么这样多虾?”

“这湃河水好，特别养(方言，适宜之意)虾。”

“有水草的地方就有虾吗?”

“虾吃草呢，水草多的地方虾多。”

月色朦胧的秋夜，我和母亲一问一答地往家里走。第二天，不但我们全家人有了新鲜的虾吃，就连家里的鸭子也可以大快朵颐了——我们吃拣出来的大个头的虾，小虾米就用来喂鸭子。

搜寻记忆我才知道，我最早关于湃水的记忆，竟是如此温馨。

实际上我故乡的湃水不是从湃河直接流下来的，从真正意义上来说，她是从湃河引出来的水，她流到我的故乡，是因为有了湃干这条人工河。她从六安引到合肥这一段，学名为蜀山干渠，是淠史杭水利工程中的关键一段。这是一道人工天河，是肥西、六安、寿县、长丰的几十万农民用了两三个秋冬季，用铁锹、扁担、柳筐，手挖肩挑出来的。儿时，父亲每讲到挖淠河的事，他这个当年的亲历者总是唏嘘不已。1959 年、1960 年生活困难，那些在河上工地的人，一天也就一斤大米的供应量。很多上河工的青壮年人，因饥饿与劳累而倒在工地上。

关于淠河，父亲与母亲竟给了我两个完全不同的记忆印象。一个是温润，水一样温柔；一个是粗犷与艰难，石头一样的坚硬。

淠水是六安的母亲河，她源于巍巍大别山，接千沟万溪，终成大河。浩荡北流，从正阳关入淮，是淮水最主要的支流。横排头是东西淠水的交合处，从金寨方向来的大别山西水与从霍山方向来的大别山东水在此汇合一处，成洋洋大观，波涛汹涌。2006 年，我来六安的第一站，就是横排头。站在高高的大坝上，向南望，东西淠水清亮亮地逶迤而入大别山深处；向北望，宽广的河道杨林密密，湿地连连，一望无际，可见其水盛时的风姿与粗犷。

这里也是人工开挖的淠干的起始处。巨大的闸门下，清亮的河水卷起翻滚的旋涡，滔滔向东北流去。这正是我儿时故乡大塘与水沟里流淌着的水，这是滋润着六安、肥西、寿县、长丰、合肥、肥东、定远、来安上百万亩农田的水。

淠水的温润与粗犷，在此时此地似乎融合到了一个点。所以，横排头每年我都要去几次，不仅仅是看风景，更多是在此总有一种感喟与回味。横排头上矗立的那座淠史杭工程纪念碑，时时提醒着后人莫忘当年的艰难困苦与奋斗精神。而横排头下便是苏家埠镇，是红军最大一次战役的发生地，是徐向前元帅一战成名的地方。淠水的历史天空与地理变迁的沧桑，在横排头有一个融会的点。

对于淠水的温润，我有着深深的体会。2006 年，我刚到六安工作时，就住在淠干的河边。站在阳台上，蓝悠悠的河水似乎伸手可掬。清晨或是傍晚，总有一批游泳爱好者在河里顺着水流往下游漂游，即使冬天也不例外，是淠水的温柔带给他们如此的韧劲与坚持吗？我常想这个问题。后来我搬到真正的淠河边，几乎是每天晚上，我都要绕着月亮岛走一圈。因新安一带修了橡胶坝，六安城西的淠河宽广而波光粼粼，一片江南水乡的景致。水给六安添了韵味与灵动，散步其畔，微风轻拂，这温润的气息抚慰着当今都市人疲惫的心灵。我有时还喜欢去淠河的故道上走走，虽然没有宽广的水域，但深潭与浅滩相连，碧水静流，野鸭与白鹭游戏其上，两岸杨树林一望无际，也是一种令人心旷神怡的风景。

淠水的粗犷是我渴望看到的。但只在 2008 年发大水时，我才一睹其雄风。汪洋恣肆的大水翻滚着，裹杂着树枝、野草、动物的尸体向下游滚滚而来，一望无际，向正阳关而去。六安半城的人几乎都出动了，来到河边，看这雄浑的淠水气象。老人们说，这是 1954 年以来最大的一场水，这是古老淠水的复活。我深信这句话，我行走在淠水那宽广的故道上，从裕安区的苏家埠而下，到新安、山王，再到霍邱的彭塔、花园，淠河西岸有近十里的故道，水底是几十米厚的沙子，那是千万年来淠水沉积的。如今这上面是肥沃的土地，特别适宜瓜菜生长。古淠水是多么阔大与雄浑！

自 2006 年我到六安来工作，转眼已十多个春秋。逝者如斯！

站在淠水前，回想自己与淠水的关系，先哲几千年前的喟叹在我心中引起共鸣。淠水的温柔与母亲的慈祥，淠水的雄浑刚健与父亲苦难时的坚强，竟在回忆中连接在了一起。如今，父母已离我而去，但眼前的淠水又让我回想起他们的点点滴滴。我在六安工作，走东跑西忙着采访，居住与生活竟也与这淠水发生如此多的交集。淠水啊淠水，你也是我生命中的一条河！

迁祖坟记

祖父母生于清末，值国弱家衰，战乱频仍，一生颠沛流离，未尝甘饴。先祖为避战乱，率家族由安庆怀宁迁至上派四十埠。及祖父成年，又遇倭寇侵皖，祖父母又率儿女迁至城西桥小河东村，租田为生。祖父生前忆曰，他一担箩筐到小河东。其家贫可见。

祖父母一生育有儿女七人。然为生计所迫，四女幼时即许他人为童养媳，其骨肉分离，心痛何以堪？祖父青壮时，从事柳编、货郎之业，足至舒城、庐江、无为、芜湖等地。祖母浆洗缝补，相夫教子，为生计，在芜湖一富家为佣。祖父母生前对余极为厚爱，嘱余读好书以改变命运，常以先祖曾考中翰林而励余。时生活困苦，偶有肉食，祖母必留至周末烹之，以待我归来。呜呼！今孙欲孝，而又何复见祖父母矣？

二〇一五年冬，故乡小河东被征地拆迁，祖坟将毁，吾将祖坟迁至小蜀山。皇天后土，佑吾先祖，泽吾后代。是为记。

人到四十

正月初八下了一场纷纷扬扬的大雪。雪后初晴，天际万物一派银装素裹的景象。傍晚时分，我走出户外，依着西山景区雨花塘边的小径漫行，品赏这个冬天的最后一场雪景。18 年前这样的时候，我就坐在师大图书馆前的石凳上，享受着雪后融融的春光，一边静听着雪水滋滋的融化声，一边也把梅花树旁拍照嬉笑的几个女生当作风景观赏。记忆中的这个片段一晃之下就 18 年了，现在我已经是 40 岁的中年人。

40 岁，对我们这些读过几年书的人来说似乎是一个特别的年龄。“四十不惑”是孔老夫子的格言，现在我已到了这样的年龄，我既此以后惑还是不惑，倒真是一个严肃的话题。所谓“To be or not to be that is a the question”生存还是毁灭，这是一个问题，我不得不作一个思考。“立身、立言、立行”是圣人教导我们人生取义的最高标准。到四十岁这个年龄，拿这三个标准来衡量，我是一样都得不到。我本是凡人，自可认命。然而，回首往事，自己也不是没有理想和奋斗。我生在农村，家境贫寒。在上高中之前，我拼命苦读，唯一之切实理想就是能挣脱这块贫穷的土地。“穿草鞋，穿皮鞋，就此一搏。”高中时，我的一位化学老师常以此语激励我们。现在一想，实在是通俗而直截了当。成为一个城里人，是我家祖孙三代共同的期望，而读书是唯一的途径。大一那年，一向疼爱我的爷爷撒手归去。临终之际，他拉着我父亲的手说，要我读好书，千万不要让我赶回来参加他的后事。我父亲依言而行，只在爷爷丧事办完之后，在家书中告知我一切。爷爷一生颠沛流离，一人一担箩筐来到我老家小河东这个穷地方，靠给地主打长工为生。他在世之时常跟我说，人生一世，有饭吃，穿暖衣就可满足了。而这个愿望到他八十六岁的晚年也还没有完全实现。他老人家不让我回去参加他的丧事，就是怕耽误了我的学业。他期盼他的孙子能读好书，当一个城里人，不要再过他那样的生活。如今他的愿望已经实现，而他的坟头也已青草萋萋了。

大学四年一直是我的青春苦闷期。这期间，我涂涂抹抹地写些小东西，也曾梦想做一个小说家。但现在想想，这只是摆脱苦闷的一种方式。我读鲁迅，读司马迁，又读叔本华，只是内心情与理冲突得太厉害，希望能在哲人那里找到一些解答。有一段时间，我立下青云之志，要从政改造现实。然而一次偶然的事情，让我认识到我不是那种翻手为云、覆手为雨的“人才”。还有一段时间，我曾想躲到故纸堆里去研究唐宋文学，然而终究觉得那些离现实太遥远，我的内心也还没有打磨到那么平静。而一辈子做一个老师又非心甘情愿，有时我恨自己学了中文这个专业，一门不门，无所成业。

学习中文专业毕业的大概只有三大职业选择：当秘书、做老

师、搞研究。而这三样我都已放弃。读一些古书、杂书，情感变得稍稍纤细，入世的儒家理想和出世的道家情怀不知不觉地都浸染了一点，这大概是学习中文这个专业的唯一所得吧。我后不后悔自己的选择，现在也搞不清楚。十多年前，我毅然放弃有可能得到的仕途，从事新闻这个职业，倒确实有一点“铁肩担道义，妙手著文章”这样的念头。四十岁的这个年龄，我想清楚了一件事，那就是日子无论怎样都得过，自己也不再虚空到要以改变世界什么自诩了。

将来做些什么？面对纷繁的世界，面对上有老下有小的重担，面对自己的职业，还有自己的入世的情怀，我得踏踏实实地做一点自己分内的事。惑还是有的，生有涯而知无涯，以有涯而追无涯，又岂有不惑之理？不惑只是相对的。人到四十明白这一点也算所得吧。

失书记

晚十一时许，因查个资料，我才发现《中国的现代化》一书没有了，心猛地一沉。我赶忙又将书柜细细搜寻一遍，但愿是自己的疏忽，可仍不见影子。不死心，又去翻抽屉、床头等常随手放书之处，还是空空如也。搜寻记忆，也没有一丝借人的痕迹。被人窃去了，我只能接受这个现实。心空空荡荡。

书为红色封面，美国吉尔伯特·罗兹曼著，定价是七元五角。我 10 月份刚从南京新街口的新华书店购入。那是个星期天，我和女友专程从马鞍山去南京，为结婚选购些衣服什么的。可于新街口一下车，见有书展的广告，便不由自主地向书店走去。

每每见到书店，就要去翻翻看看，这大概是一般读书人的癖好。遇到好书，口袋里又有钱的话，当然会毫不犹豫地买来。可通常的境况是我的口袋无钱，只能是翻翻看看而已。可想而知，见好书而不买，割爱是非常难过的。记得一次在一家书店，见一套装帧精美的《莎士比亚全集》，我实在是爱不释手。翻翻摸摸，放下；又拿起，再放下；如是者三，最终我还是狠心走了。价是人民币一百五十元，实非经济所能及。所以为避免类似的感情上的折磨，有时我宁可绕道，也不愿经书店门前过。

所以，跨进书店门槛的一刹那，我们俩都知道意味着什么。口袋里倒是有几块钱的，但似乎每分钱都精细地做了计划。我们都刚出校门，工资微薄，又相隔两地，手头常是窘而又窘。我是受穷惯了，但连累她，的确让我常感歉疚。她要是同一个家境富足的有钱公子恋爱，不会沦落到掰着手指头过日子的境地。恋爱以来，我的确没买过什么东西送她。她虽不在意，但我内心常恻恻有愧。结婚是人生大事，我虽不能买金银珠宝送佳人，但我买一两件衣服作为礼物送她也是应该的。可我竟也没有。

所以在书店里，我一边浏览、翻阅，一边不断地提醒自己，不能感情用事，鱼与熊掌不能兼得。因此，常常是几本可以买的书，拿在手中又狠心地丢下。这本《中国的现代化》，也是翻阅后拿在手上又丢下的。七元五角钱，价似乎贵了点。然而就在要离开书店时，我又在书店大堂的展台上看到了这本书，情不自禁地又上去拿在手上。“买下吧。”她似乎看出了我的心思，掏钱买下了。

可是现在，这书竟然没有了，仅留下这难忘的回忆。

我呆呆地站在我的书柜前，不由得恨得牙痒痒起来：这小偷，这小人！我失落地坐在椅子上，茫然无绪。过了好大一会儿，不知怎的，我竟又可怜这小偷来了。是的，他可能是与我一样的穷书生一个。即使不穷，他起码也很爱这本书，能读这本书，也是个读书人。读书人爱书，见好书而想据为己有，正当途径得不到就起非分念头，这也是人之常情。我自己不也有过偷书的念头，有时甚至强烈得很吗?！只是没机会、乏勇气罢了。这窃书者，勇气比我大，可在取的当时，他是如何紧张、担忧？倘若被人撞见，或将来被发现，熟人熟面，他的脸面又往哪放？即使不被发现，但当他一翻此书时，偷的阴影就会袭上心头。这心里的负担是一辈子的事！啊，他也是个可怜的人！这样想着，叹着，我不知什么时候竟睡着了。

诗魂桃花潭

清秋的江面，流水无声。远处的山峦，薄薄的一层轻雾像是轻纱飘荡。青弋江宛如飘带缠绕在青山之下。微风有丝丝的凉意，李白站在船头，拱手向岸上送行的人道别。

突然，一阵清亮的歌声在岸上破空响起："诗人行好哎，行好，行好！""诗人复来兮，复来！复来！"人们边歌边跟着节奏跺起脚。领唱的正是风采清秀的汪伦，送行的人们跟着他一起唱。歌声在江面上飘荡，真情如江水般流淌。诗人的眼睛湿润了，想到此次麻川之行的十多天时间里，友人相聚的把酒言欢与真情相伴，一幕幕汇成一股热流在胸间激荡。李白快步走进船舱，挥笔写下《赠汪伦》："李白乘舟将欲行，忽闻岸上踏歌声。桃花潭水深千尺，不及汪伦送我情。"

这是天宝十四载秋天的一幕。一千多年后的今天，每当我来到桃花潭时，这一幕便会清晰地在我眼前展现。一千多年来，无数文人墨客因为这首诗来到桃花潭。他们到此，不仅仅因为这里的美丽风景。

当代画家宋雨桂2007年第一次来到桃花潭时，正是满山野花怒放的春天。空气中弥漫着野花的香味，白云在山谷间飘荡，江水如蓝，游动在原野与山谷间，向远方伸展开去。画家被眼前的美景感动得不能自已。他掏出手机，激动地给远在合肥的朋友韦国平打电话："国平，桃花潭太好了，你要来。"

韦国平驱车来到桃花潭时已是向晚时分。夕阳西下，四周群山笼罩在薄薄的光线下，绿叶新枝团团点点，似要跃动，桃花潭水在夕阳的映照下碧波粼粼。两岸人家青瓦白墙，一派安静，偶尔有一两声鸡鸣狗吠传来。老少两人站在桃花潭畔，半天无语。

"好地方，什么时候都是一幅画，一派天成。搞绘画，在这里看三年，技艺会长进一倍。在这搞个休闲基地，作为画家村怎样？"宋雨桂说。韦国平点点头，两个人的手紧紧握在了一起。此后的三年多，洽谈，规划，绘图，施工。亭台楼阁、小湖、步径、客房，桃花潭畔凭空起了一座江南园林。

宋雨桂每年都要来桃花潭。每次到来，两人喝酒、散步、聊天、呆坐，或在画室里泼，甚至是雨桂画，国平题，老少两代丹青共手。宋雨桂那时正在创作鸿篇巨制——《新富春山居图》，他把大稿带进桃花潭，在这里甚至连画数张。他说，感谢桃花潭，在这里他找到了灵感与诗情。2013年，《新富春山居图》完成。宋雨桂感慨："国平，昔有李白写诗赠汪伦，我不比李白，但我要学李白，我要将此画留在桃花潭。"韦国平泪眼婆娑。

作为当代著名的山水画家之一，宋雨桂晚年创作了两幅传世之作，一幅《黄河雄姿》，一幅就是《新富春山居图》，前者镌刻在人民大会堂，后者永留在桃花潭。

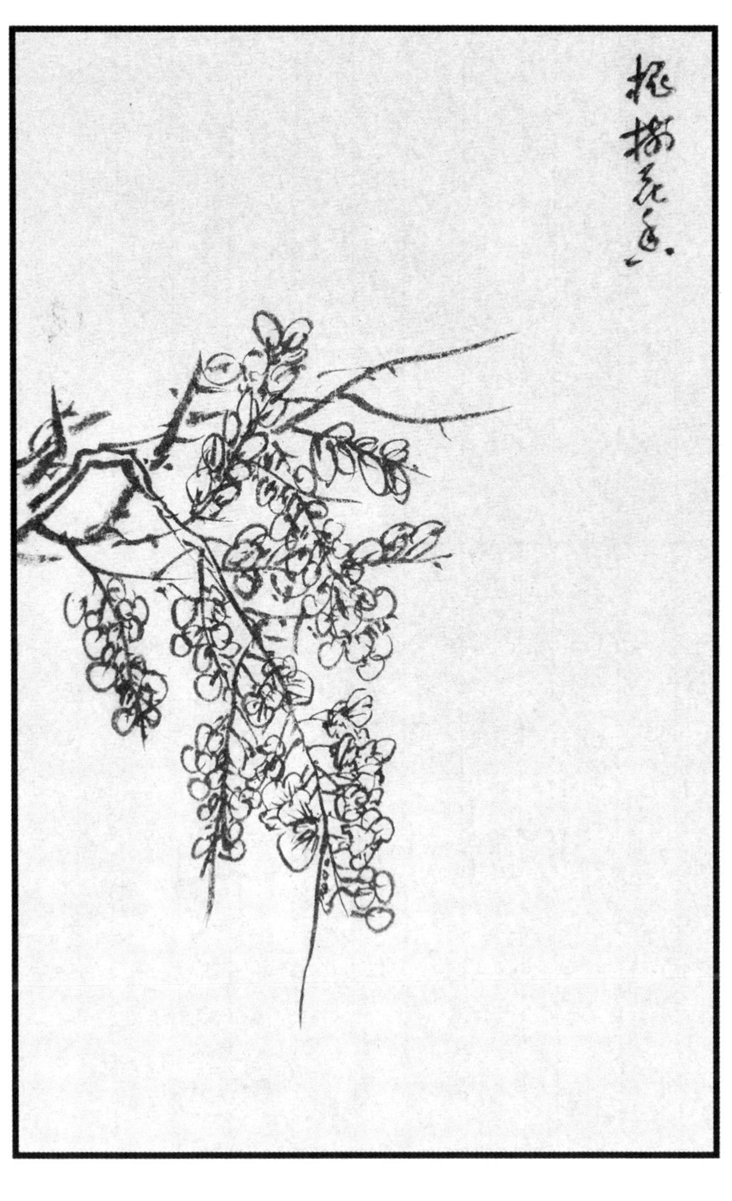
槐樹花

每来桃花潭，对着悠悠江水，我总在想一个问题：千百年来，人们来到桃花潭，除了感受美景，到底从李白的诗中品味出什么？名动天下的大诗人李白对着无名的汪伦那么深情地吟唱，感动我们的不就是他在诗中吟唱的那一种人与人的真情？这无关乎地位、金钱与年龄。

当代著名作家冯骥才先生几度来到桃花潭。老先生说："桃花潭有今天这样的文化地标位置，文旅经营做得这么好，古有李白，今有雨桂先生和你国平的功劳。弘扬中国文化不仅仅是说，也是做。"

他问韦国平："宋雨桂走遍山川，识人无数，为什么对你、对桃花潭情有独钟？"

国平沉吟半天，说："那是因为有诗魂。"

天涯同命鸟

两条小方凳支撑着身体，空落落的眼光扫视着往来的人、车，甚至一只猫或狗。赤日炎炎的夏，寒风侵人的冬，上午或是下午，一个被截去双腿的中年男子，就在我住处不远的十字路口边，总是这样冷清而寂寞地度过时光。

说实话，每每经过，我怕碰上他的目光。一点点的怜悯心不能使他的双腿复原，而别的又能为他做些什么？况且值得同情与怜悯的人，我周边也不止他一个，即便是关系亲近的亲戚、师长、朋友，有时看到他们陷入窘境，我也常内心恻恻而又爱莫能助。

像今年的夏天，我回到故乡，偶然遇到了我十多年前的小学校长。他人苍老了许多，当年的意气风发已成记忆。他告诉我，他现在已提前退休在家，让儿子顶了职，现在每日在街上收购些鸡蛋，让老伴往合肥城里贩卖。“五个孩子，还有一个没成家。加上还要补贴点给孙子孙女，靠退休的那点工资没办法。”老校长平静地对我说。我给他点了支烟。他说没空聊天了，要忙着收鸡蛋去。我曾答应到他家去，然而终究也没去。

我生在乡村，曾对城里人的生活很是称羡，有稳定的工资、奖金，衣食无虞。然而十多年在城里生活下来，个中的滋味又有点欲说还休。生存与自尊，不能免俗的功名利禄之心，推着你的精神与肉体不停地运动、运动。一位同事，十多年前，我们一同分配到合肥工作。他经历了女友调动、结婚、分房子、生子，终于有个家了。然而这个家总觉太清贫，于是，他一狠心，丢下妻儿，下海到南方赚钱去了。他的妻子从此就恹恹似的，往日灿烂的笑没有了。有时候我们遇着说说话，说着说着，她的眼圈就红了，甚至落下了泪。

“为了生活，我们四处奔波。”这两句歌词道出了我们生活的不易与艰辛。奔波的结果，按时下的标准，有了房子、车子、票子、妻子、儿子这样的“五子登科”，算是成功人士了，然而，这背后的辛酸又有谁知？一位同学，现在已是省直一个部门的处长了。他出门有车，迎接有宴，住房敞亮，小钱不缺，算是风光得意一族。然而，有时闲谈，他也长叹无聊。他说，妻儿几乎照顾不到，每日向上汇报，听下汇报，开会，赔笑，讲些套话，自个儿都没有了，想想也没什么意思。这真是应验了“穷富都有本难念的经，皇帝老儿也烦心”的俗语。可是，我们的生命不就在这满腹的心酸中，像水一样地逝去了？

青丝变白发，红颜存旧忆。当我们垂垂老矣时，子女玉帛、功名利禄或许都有了。世事白云苍狗，我们也许将人生看得散淡了点，但我们个体的生命也大约膏尽灯残了。“念天地之悠悠，独怆然而涕下。”人生无限的伤怀大约就在这些地方吧。天涯同命鸟一个，芸芸众生谁能跑得掉？

乡恋

秋风起的时候，我念起故乡来了。登赭山顶，极目远望，唯见茫茫长江向东北的天际静静地伸去，极目处就是苍茫的一片了。怎见故乡的影子？但我还是凝目远望着，任凭秋风撩起我的头发，拂起我的绵绵乡思。

故乡的小河，怎比得我眼前这浩浩的长江呢？即使绘一张千分之一的地图，上面也寻不着她的影子。然而叫我现在说起来，还是故乡的小河好。那蓝蓝的河水，那河洼地带茵茵的青草，留下我多少蓝色的梦，刻下我多少绿色的记忆啊！

童年，那里是我们这些放牛娃的天地。水草丰盛，牛可以慢慢地吃，我们则可以尽情地游戏。从河里摸出五色的圆圆的小卵石，我们玩起抓石子的游戏。玩腻了，我们就赤着脚，嘻嘻哈哈地在河里追一阵子，再就学着大人的样子摸鱼，但没有一次成功过。大半天，我们才摸起一个虾子来，赏玩了半天，又让它回家了。有时实在累了，我们就往软软的草地上一躺。多舒服啊！蓝天飘着白云，艳阳高照，四围是青青的一片，柔柔的风送来野花淡淡的清香。不一会儿，小眼一合，进入蓝色的梦乡了。待醒来，老牛已卧在身旁，半闭着眼，嘴里有节奏地缓缓地咀嚼着。我们这才懒洋洋地起来，用小手拍一拍老牛，然后双脚踩在牛角上，喊一声“送角”。只待老牛一抬头，我们便稳稳地骑在牛背上。夕阳里，我们唱着自己的牧歌，悠悠地回家去了。

凝想中，多么清晰的记忆啊！我似乎又回到了童年。然而眼睛看到了脚下的山，我才清楚，这里不是故乡。故乡也是有山的，也许那不能称作山。然而物以稀为贵，在方圆二三十里之内，仅有那么一座一百多米的高台，家乡人人都认为，那确实是山，是老幼都引以为骄傲的山。“从前，二郎神挑山，走到半路，扁担断了，这座山就落到了我们这里……”奶奶在我刚记事时，就在我的心里播下了这颗神话的种子。家乡的小山简直成了我们小伙伴的天地。就是上了高中，星期天回去，我有时还到上面去看书。那儿清静，除了鸟鸣，没有一丝的干扰。但时常令我惋惜的是，山上的那个八角小亭子在“文革”中被拆掉了。据老人们讲，新中国成立前，上面还供着香炉，供奉二郎神的。

我想着，眼光不禁移向眼前赭山的这座小亭。可这并不是故乡的亭啊。我怅然抬头，忽见一排人字形大雁从北飞来。我默默地注视它们缓缓飞翔的身影，直到在斜阳里渐渐地消失。我这才忽然记起：它们从家乡的上空飞过吗？毕竟是深秋了，故乡的农活早该结束了。家里的人现在在做什么呢？胡大伯家也许正盖着新房。秋高气爽，正是故乡人建房的好时节。王大娘也许正忙着秋宝哥的婚事。翠姐也要嫁走了。范叔呢？也许正捧着茶壶，讲他的三国……今天是星期天，奶奶或许正叨念着我呢。往日，在高中读书时，星期日回家，奶奶总是说："算到我大孙子今个要回来了。"可是今日，奶奶您只有空念叨了。想着，我情不自禁地踮起了脚尖，向北望。可远处依然是长江的流水，一片洁白的帆影翩然漂去。啊，白帆，请您把我深情的祝福和思念，捎给我亲爱的故乡……

乡野的秋

风不再是火扑扑的了，拂着脸面，柔和温暖，且带有习习的凉意。抬眼望天，天也洁净了许多，高远了一些。云也消去了夏日那种厚重的姿态，轻盈地飘着。梧桐硕大的叶片什么时候抹上了一层淡淡的鹅黄色，没有风的时候，也会翩然地飘下一两片来。引人注目的是赭山上的苍郁松林间，点缀着一两处绛红色叶子的树，不知道它们的名字。洁净的灰白色的教学楼墙静静地沐浴在秋阳里。校园里，我所能领略的秋光、秋色，无非这些，单调且乏味。这使我念起乡野的秋来。

乡野的秋，是很难说尽的。

我不说那瓦蓝瓦蓝的天了，也不说那碧清的水。那水真算是温柔至极的，即使淌着的，也不跳起小小的浪花，脉脉地流着，映着蓝天的一角。小小的旋涡也慢慢地卷起，一点不匆忙，流连着什么似的。成熟的庄稼也是无须说的，像一个个胖娃娃，在暖暖的秋阳、轻轻的小风的温馨爱抚中，动都懒得动。棉花最有意思，要开放就开放，随意地点缀在绛红色的棉叶间。

秋草，虽说在乡野的秋天里，在成熟的田野里，它不那么起眼。但要是在塞北，瑟瑟的秋草，加上高远的天、广袤的地、南飞的雁，再点缀着三两只牛羊之类，便构成了一幅妙绝的塞外秋景图了。在戈壁大漠，零星的秋草被诗人们见着了，便会大加咏叹起来。可是在乡野，它是那么不起眼。然而正因此，我要提提它。放眼一片的是金黄的原野，然而细致地分辨，便会见着条条纵横曲折、蜿蜒不尽的鹅黄色的线，轻淡得像是一位大画师用画笔轻轻点抹的一样。这便是长满秋草的纵横阡陌的杰作。假如没有这点染，金黄的大片，无论从色调还是从形式上来讲，便呆板了。秋草丰茂地又多在河岸处，若登高俯瞰，碧青碧青的河水，两岸绛红色的秋草，相依蜿蜒而去，真如彩色的飘带一般，缠绕在广袤的田野上，很富于诗意的。

长满秋草的河岸是较热闹的地方。黄昏时分，时常见袅袅的炊烟从这里升起，那是附近的牧童们在这里吵吵闹闹地忙着野炊呢。牛是不管的，散放在河坡上，随它吃草去。鹅鸭在河里，也随它游荡去。小伙伴们偷偷地，也算是光明正大地从地里扒来几个山芋，从菜园里摘来一把两把扁豆，或是弄来一把大豆、玉米、花生之类乌七杂八的东西，抛在一起，覆上枯草干枝，烧了起来。一会儿，有的烧焦了，有的还半生半熟。但无论怎样，吃下肚去，那味道也似乎比家里正儿八经做得香。为抢一块山芋，有时也会闹几分钟的互不理睬，但在相互调笑着各自嘴唇边沾着黑灰的情形时，便忘得一干二净。草根底下的秋虫们，也等不得清风明月了，音乐会早开了场。无名的野菊们也来凑热闹，在草丛间散发出一股一股幽香来。

乡野的秋比都市里来得早。在都市里，待到立秋后，再经几番风雨，人们才感到凉意，感到秋。乡民们则不然了，很晚地从田里归来，拖着疲乏的身子，风拂在如酱油一般颜色的臂膊上，不同往日了，于是很自然地搭起话来，“这风不对味啦——”“是啊，立秋过了呢——”。话的尾音拖得很长的。在乡野，不识一字的一些老农，对阳历的什么什么节是不清楚的，于节气却颇熟悉，对立春、立秋更关心，因这是关系生产、生计之故呀。从春天播种的时候起，他们就心系于秋了。起早贪黑，经风冒雨，长年累月，特别是农忙时的繁重体力劳动，一些壮实的青壮汉子也抵不住，干活回来，不想吃就睡下了。但只要不病倒，他们第二天天不亮又下地干活去。

“不知秋后怎样呢！”

这似乎既是感叹，又是疑问的话是时常听到的，乡民们感受到秋天那么早，是因为心系于秋。

在乡野的秋天里，时常可以见着脸上刻满皱纹、饱受风霜的老农，一天几遍地在成熟的庄稼地边来回走着，脸上满溢着希望……

我牵挂着的，是乡野的秋！

雨

我喜欢雨，独自一人，漫游雨中，或凭窗观雨，夜半听雨。我也问过自己，为什么会爱起雨来？爱她的含混、朦胧，还是她的缠绵、洒脱、遒劲与悲壮？爱，总有千般的理由，说不清楚。

下雨时，我总想出去走走。幽幽的古巷或空旷的原野，撑雨伞或者就光头赤脚，随性所致，任性自然，无所想无所不想，实是无穷幽趣。这癖好也是旧习所致。儿时放牛赶鸭，牧鹅割草，倘遇雨天，就懒得打雨伞、穿靴子、披蓑衣什么的，总觉太受拘束，反正摔打惯了，不会头痛脑热。母亲也不以为意，认为天性就是如此的。母亲说我出世后两日不会吮奶，只是号哭，至第三天夜半，晴朗夜空忽飘朵云，转而为雨，我这才转静，开始吮奶，脸由白而红。这段颇有神话色彩的故事，我不知听多少遍了，记忆极深，每当下雨即想起。弗洛伊德说，儿童期的心理行为对其一生将起决定性作用。看来，我现在爱雨如斯，是出世时就决定下来的了。

中学毕业离校那天正当霏霏细雨。锦瑟年华，几度春秋，回首旧事，遥想未来，思绪茫茫是可想而知了。全班四十八位同学在教室里、寝室里唱起了离别的歌。“蓝蓝的天空飘着白云，告别故乡，告别亲人……”这歌原为下放知青所作，感情绵绵，旋律回荡，伤感怀人之情之意浓浓郁郁。当同学临别之际唱起来，此情此味可想而知了。不少同学唱着唱着，竟哽咽起来，泪水夺眶而出。雨声潺潺，雨丝绵绵。平日里连见面擦身而过，说话都要脸红的男男女女，此时道一声珍重，再道一声珍重，送一程，又送一程。没有人打雨伞，全都敞着头，任雨丝洒在发上、脸上、身上。“此情可待成追忆，只是当时已惘然。”

大概是大学行将离校之故吧，回忆与感想不知不觉地涌入脑里、心头。四年生活流水一样过去了，种种情绪真是无法说起。三月十八日，天落雨，我一人在校园里溜达了半天。教学楼、图书馆、食堂……这里站站，那里停停，思绪如水。早已逝去的久远记忆，甚至如极细微的一个念头、一个微笑，都不知不觉地回到了脑海，浮到了眼前，而且说不清楚，竟让我想起高中毕业离校时的情景。“一切过去了的都是美好的。”这句话我过去总是怀疑，现在想来还是有道理的。生活的色彩斑斓，靠回味才能真正体会到。

所以，回味于人生，我想真是极重要极重要的。生活之所以使人留恋，就在于它有许多值得咀嚼、玩味的酸、甜、苦、辣。谁愿意生活如白开水一样无味？心如槁木，是人生的最大悲哀处。因此，我说多愁善感胜于麻木不仁。敏感的心常带来痛苦与孤独，然而这痛苦与孤独比愚木脑袋样的人不知好多少倍。辛克莱说：“宁愿做一个痛苦的智慧哲学家，也不愿做一头愚蠢的猪。”这话我以为极对极对。

我的淠史杭

“天寒地冻的，风吹在脸上刀割一样疼。早晨6:30，喝上两碗稀饭，哨子一吹，就上工了。河道上到处是人，成千上万面红旗立在河埂上，被北风吹得呼呼响。两人抬一筐土，从河底往上抬，累了，换俩挖土的人继续抬土上河沿，每天就是这样，抬土的人与挖土的人轮换干。下午5点多收工，人累得散了架，再喝上两碗稀饭，回到工棚，倒在铺位上沉沉睡去，直到第二天起床哨响。一天两稀一干，中午吃半斤米干饭，下饭的大白菜没啥油水，但那个香啊，人恨不得把碗底也吃下去。工地上全是青壮年，但只能保证每人每天一斤米，多一两都没有。”

童年时，父亲常给我讲这段往事，他后来也反复对我的弟弟妹妹讲。印象里，父亲每每说起，眼睛里闪着激情与悲壮的混合成分。我后来才知道，父亲参与的挖淠河是在1960年。我们公社修筑的这一段在将军岭，离我老家有30里地，属于淠史杭工程中的主要干渠——蜀山干渠。这条干渠西接六安，东延至肥西、长丰、肥东，一直到滁州的来安县，是淠史杭工程中的关键部分。

而将军岭正是这一段江淮分水岭的最高点。当年曹操为了征伐东吴,想打通江淮水道,解决运兵运粮问题,于是从瓦埠湖一路开挖,至将军岭地界,因为高程太高,又遇到地质难题,工程量巨大,不得不搁置。如今,这里还留下一段上千米的河道遗迹。负责开河的将军因完不成任务,拔剑自刎,"将军岭"由此得名。

直到上高中,我才有机会去将军岭,去看看父亲当年劳动的工地。只见高大的河沿下,一汪清流汩汩东流去。当地的同学带我去看黄冲闸,但见河中一道拦水坝将大河截住,左右两侧各修几道闸门,北侧闸门水往长丰、肥东、滁州一路过去,南侧闸门水则流向合肥董铺水库,又经小蜀山支渠流向肥西小庙、高刘、南岗等地。我直到那时才知道,淠河水就是从这里分流下去的,一直流到我家门口不远处的孙老堰。

孙老堰是一个小二型水库,丰水时,不说烟波浩渺,但阔大的水面也很养眼,一眼望不到对岸,鱼虾颇丰。它也是我们周边村民们夏天的乐园。少年时的记忆里,一到夏天酷热时,我爷爷总是拉着牛,让我骑在牛背上下孙老堰。凉水浸身,只露个头,我望着爷爷一把白色胡须随着水的涟漪一漂一荡。"这淠河水好啊,有了这个水,就不用担心旱年时粮食没收成了。大孙子,你以后长大了,一定要去六安看看这淠河。"我似懂非懂地点点头。

2006 年,我作为《安徽日报》的驻站记者,常驻六安,最初就借住在淠史杭总局的招待所里。招待所就在淠干的河边,出门便可见一河清水无声北去,抬眼可望蜿蜒的淠干如飘带般绕六安城而过。于是,我记起爷爷当年嘱咐的话。

当时的淠史杭管理总局周银平书记很是热情,第二天即邀我去看位于苏埠横排头的淠干源头。在那里,宽广的淠河河道被一座水泥大坝拦腰斩断,大坝的上游自动形成一座水库。从霍山大别山里流出来的东淠河与从金寨大别山里流出来的西淠河原本是在此相会,形成滔滔淠水,然后北向正阳关入淮。但大坝的修建,让滔滔淠水变成了汪汪一片的静湖。水丰时,湖水可以通过跌水坡流下淠河老河道,更多的时候,则是通过大坝东侧的闸门滚滚流下淠干。淠干近百公里全是人工开挖的,横排头是最高程,河道设计按着等高线走,每两公里下降一点,从而实现淠干全线的自流灌溉。淠干、史河干渠、杭埠河全是依照这个原理设计的。"所以称淠史杭为人工天河一点都不夸张,虽然从修建的角度讲,这增加了巨大的土方量,可老百姓不再为提水承担开支了,更多的旱地变成了水田。眼光长远啊!"我到现在还记得当年水利专业出身的周银平说这话时,那感慨良深的目光和语气。

赵子厚的墓就在大坝东南方向的一块岗地上,对着横排头,仰上可以看东西淠水滔滔而来,俯下可看淠水静流滚滚北去,流向合肥、寿县和滁州。这位淠史杭工程的实际操刀者,当时任六安行署第二书记、专员。淠史杭工程开工时,他任工程总指挥。修建好淠史杭工程是这位南下老八路一生的心结与情怀。1958年,他在此铲下淠史杭工程的第一锹土。此后十几年的岁月里,他风里来雨里去,跑遍所有大大小小的工地,现场办公,随时解决问题。他对每个具体项目的关键数据和施工方案的熟稔程度,让水利专家们瞠目结舌。在六安,只要提到淠史杭,无人不提赵子厚。是他,在原国家计委的汇报会上,将整个工程的各项工作表述得有条有理,构思宏大,具体论证可行性的各类图表摆了一讲台、挂满一面墙，得到领导、专家的一致赞同，获得国家立项。也是他，在物资紧缺的年代，多次跑省委省政府各部门汇报，甚至去寻求战争年代自己老首长的支援，要来水泥与钢材等材料，千方百计地保证施工的必需。水泥与钢材是修建水利工程不可或缺的，但龙河口水库大坝的修建则是采用土石混合的木料而构，在世界水利史上，这也是唯一一座采用土石结构混合坝型的大型水库大坝，被称为世界奇迹。其实，当时不是不想用水泥钢筋，而是实在解决不了这么多紧缺的物资问题。更难得的是他在最困难的岁月，千方百计保证上河民工一天一斤大米的供应保障。1959年至1960年冬天，是修建淠史杭工程的关键时期，每天上河民工数高达60万，最高峰时足有80万人。正是粮食最紧缺的年代，可以想象，总指挥赵子厚承受了多大的压力。

在六安工作，让我有机会走遍淠史杭的流经之地和主要工程节点。流向合肥、滁州的淠干，流向寿县、淮南的瓦埠干渠，流向霍邱的汲东干渠，流向庐江、舒城的舒庐干渠，我都一一去过。这些人工开挖的伟大工程，是在1958年之后的十几年里，逐步修建完成的。整个淠史杭灌区，大别山的清水在岗上流，下面是可以自流灌溉的庄稼地。淠史杭灌区让1100万亩土地变成了丰收的良田。

在叶集的平岗，史河向北被这道高岭挡住。从霍邱24个公社调过来的5万多名民工，硬生生奋战一个多月，在总长3公里的高岭上下挖24米，终于把这座高岭切开，让梅山水库的水从此通过。过去，平岗是猫狗都不去的荒岗野岭，但今天，靠着从河里抽上来的水，这里变成了花果岭。一位“90后”的小伙子大学毕业后，回到岭上种桃梨，年收入足有30多万元。“前人栽树，后人乘凉。没有我父亲当年辛苦来挖这条河，哪有我今天在这岗上种桃梨啊。”他心怀感恩地说。

2018年，我在舒城见到了当年参加龙河口水库建设的许芳华老人。1958年，19岁的她结婚刚满3天，就来到龙河口水库修建工地。工地指挥部从来自全县的成千上万名女同志中挑选出120人组成“刘胡兰战斗连”，她被选为连长。1959年的春汛来得特别快，洪水将大坝冲开了一条20米的大口子。危急时刻，许芳华领着姑娘们，像男人们一样纵身扑向激流。她们手挽着手，在浪尖上筑起了3道人墙，终于挡住洪水，保住大坝。在修建水库的三年多时间里，“刘胡兰战斗连”的姑娘们经常淋雨施工，以至于从水库工地返乡后，很多人落下了病根。至今，每逢阴雨天气，她都会浑身疼痛。“我没后悔过，这是给我们自己修水利。有得必有舍。”耄耋之年的许芳华语气坚定。

淠河是六安的母亲河。每到洪水季，全城的人都会跑到河边望着那汪洋恣肆的淠河水滚滚北去。因为有上游响洪甸、佛子岭几大水库的调节，加上淠干的分流，六安人不再担心洪水入城。望着滚滚洪涛，我常常想，淠河形成的几百万年来，一直恣意流淌，新中国成立后，淠河才终于被驯服，洪水乖乖地走，水从岗上流。共产党人把宏图理想变成了现实，这是多么大的气魄和手笔。而这种气魄和手笔，如果一厢情愿地不顺应时代，终将被历史所诟病。秦筑长城，有孟姜女的哀怨，隋修运河，而致天下乱。唯有这种气魄和手笔与人民的所需所盼相一致，才能得到百姓的拥护，才能付诸实践。修建淠史杭，离不开赵子厚们的胆识，也离不开许芳华与我父亲这些普通百姓的奉献与辛劳。

渒史杭无疑是中国水利的一座丰碑,它也是共产党人为民情怀的一座丰碑,更是人民无私奉献的一座丰碑。

第三辑　小品文

吃的遗憾

“食色，性也”，是圣人的名言。造物主创造我们这张嘴，除了用它说话，便是要它来品尝各色各味的食物。吃是我们享受人生乐趣最感性的方式之一。梁实秋先生就曾专门写了一组小品文谈美味佳肴，并结集为《雅舍谈吃》。

“不是好（hǎo）吃，而是好（hào）吃”，这是乐于享受口福者常用的自我幽默，倒也说出了真情。于美味佳馔，品之尝之，思之想之，是人的真性情。我走过的地方不多，但每到一地，除想逛逛山水胜景，唯一所思的便是当地有什么特色小吃，总觉得能吃一两样精美的特色地方小吃，就不虚此行，否则总有点怅然。有一次我去金华，打探到金华的炒粉条味道不错，便一人溜到街头小摊吃上一碗，果然鲜美有加。到现在忆起金华的印象，那油而不腻、清爽可口的粉条依然在眼前晃动。

吃，北方大约没有南方讲究，从八大菜系中南方菜系占多数即可见。而小吃，南与北应是不分伯仲的。北方的小吃多以面食为主，南方则多以当地物产为主料。我以为初到异地，若能吃上一两样特色小吃，便会觉着自己的某一部分已融入了当地，多少减去了陌生感。如去西安，你能吃上一大碗羊肉泡馍，大概就会感到自己有了些关西大汉气；而在杭州，你品了桂花藕粉羹之类的小吃，体内的灵秀温柔也会增加几分。

皖地襟江带淮，南北相交，按理说，南北之风味特色足尽我辈好吃之兴，但事实令人失望。久负盛名的徽菜，因山珍物料的匮乏，加之其他缘由，大约到了亟待振兴的地步。其他的特色小吃大致也多湮灭或即将消亡了。像合肥的“四大名点”，现在几人去吃？人们口味的变化是一方面因素，其制作粗糙、固有风味的失去大约是主要原因。十多年前，合肥淮上酒家的小笼包、十字街烤鸭店的烧饼还让人满口生香，但现在已让人遗憾。此外，诸如芜湖的盐水鸭，徽州的毛豆腐、臭鳜鱼等特色美味，也大不如从前了。

饭店一家家地多起来、豪华起来、洋味起来，但风味和特色却日渐贫乏下去，贫乏得就像现在风靡的肯德基快餐，走遍天下一个味。这不能不说是吃的遗憾。

冬天的雅事

一夜朔风紧，雪花纷纷扬扬。不久，山川、河流、树木、草屋，漫天皆白。行人和飞鸟也不见了踪影，万物都沉静下来，天地间只有瑟瑟的雪声。用细瓷小盏，泡上绿茶，倚在窗前，边赏雪、边品茗，这片刻的悠闲也足抵终日之忙碌了。

品茗赏雪，为冬之一雅事。大地一派银装素裹，皑皑白雪，阳光一射，白亮刺眼，空气经过过滤似的清爽。踏着吱吱作响的雪，该去访梅。无锡的梅园、余杭超山的梅园都是赏梅的绝佳处，只可惜不能前往。但庭院或苗圃，抑或野外的某处林子，总还可以寻到一株或三五株梅来。“疏影横斜水清浅，暗香浮动月黄昏。”这是江南的梅，妩媚清婉有余，但未免太纤弱了点。还是北国的梅好，就是雪压枝头，也悄然含苞，其清丽独绝、傲然于世之品总能牵动人无限的情怀。

踏雪访梅归来，寒意袭身，该是支起小火炉，饮它三五杯的时候。邀三五友人，围炉而坐，一边慢慢啜饮，一边道些逸闻趣事，其乐融融，没什么比这样度过冬日的夜晚更让人难以忘怀了。小火炉须用木炭为料，用电则少了温暖的氛围，酒精又燃得太快、太旺，煤则有烟，唯木炭最有情趣。于天寒地冻的冬夜，友侣围炉畅饮，忘情于酒，当属雅也。

宴散客走，兴致尤高，便是读书的时光了。所读内容，前人虽有“冬宜读经”的古训，但读一些随笔、杂记、武侠小说类也未尝不可。冬之岁余，拥衾夜读来度苦长的冬夜，可谓雅事也。

读书与济世做人

读书可以明理。明理，按儒家的标准是于外学会济世，于己学会做人，所谓的“内圣外王”之道也。这个读书理想倘能实现，倒遂了治国修身平天下之愿，利国利己，但事实并非如此。

读书并非就能济世。儒家的济世就是治国安邦平天下，但历史上能做到这一点的有几个？孔子读书多矣，但面对天下滔滔，他奔波一生，最终徒叹：“逝者如斯夫。”而秦皇汉武、唐宗宋祖之类，又有几人是靠读书发迹？汉王刘邦、明祖朱元璋，肚里没多少墨水，照样打江山、做皇帝。因而读书可以济世这一点，多少带有虚妄色彩。历史上读书人多矣，但真能济世，拯民于水火者，寥若晨星。不是他们无此心，而是他们无此力。他们不过是皇帝的臣民，最终只得空负平生志，郁郁而死。所谓“人生识字忧患始”，正是他们郁郁不得志的苦闷感喟。

读书能学会做人也值得怀疑。按儒家做人的标准，读书人首先得养成高尚的人格，所谓“贫贱不能移，富贵不能淫”，而这最终目的，当然是为了济世，“君君、臣臣、父父、子子”那样做人。可这样的人格标准,实践起来却很艰难。贫贱不能移或许可以做到,可富贵不淫却难于遵守了。《红楼梦》中的那个贾雨村,未仕之前的确做到了贫贱不移,志在匡世,但一入仕途,其心性之恶便昭然若揭了。且看他的官历表:一升如州知府,便要娇杏做了二房;上升不到一年,就因贪酷被革职。复起后,哪管是非曲直,乱判了"葫芦案",接着为感恩贾赦,使阴谋让"石呆子"家破人亡。这贾雨村后来官也越做越大了,升任京兆府尹后,路遇恩人甄士隐,见其寺庙起火,竟"名利关心"不回去看视。贾府被抄,到底系他所为,又因"怕人说他回护一家,他便狠狠地踢了一脚,所以两府里才到底被抄了"。以上枚举,一望可知,全是好色、勒索、拍马、负义、刻薄寡恩、过河拆桥之举。这不仅是"淫",简直是万恶不赦了。就连贾雨村自己也没料想,最终其竟成恶棍一条。

这贾雨村虽是小说中人,却很有典型性。这个人身上多少折射出传统士人的灵魂来,也从一个角度说明儒家所倡的做人标准的非现实性,最终流于荒谬的讽刺性一面。"富贵不淫",理想设计是好的,但在现实的政治、社会和个人生活中难以通行。历史上陶渊明"不为五斗米折腰",够上了这个标准,但他只得过隐居生活。天真的李白,怀抱其理,非要实践,最终徒叹"蜀道之难,难于上青天"。

读书既难济世,亦难做人,难道读书无用?非也。我们以上所论的读书之用是儒家的标准。今天我们读书要换一种新思维,我们读书明理是用科学的眼光来究社会、自然、人生之理,济世是用所学知识为社会创造物质和精神的财富。我们读书做人是做法治之下知法、守法、爱法的人。

凤姐的悲剧

凤姐是《红楼梦》中最具风采的人物之一。她最引人夺目之处当属她的罕见才干，而这集中体现于她对权势的运用把握及对金钱的贪婪追逐上。

凤姐于权势的运用把握既体现于她的杀伐决断，又体现于她的老谋深算，她的极深、极细的心机。冷子兴就曾向贾雨村评说过凤姐："模样又极标致，言谈又爽利，心机又极深细，竟是个男人万不及一的。"周瑞家的对刘姥姥介绍凤姐时，也说她"少说有一万个心眼子"。可见其深细心机竟也是远近皆知的。

处在贾府这样一个人口众多、矛盾复杂的权力中心位置上，凤姐从纯利害关系出发，决断出该怎样地拉谁、打谁、巴结谁。本来作为邢夫人的儿媳，她该和夫家贾赦、邢夫人这边站一道的，可凤姐却偏和姑姑王夫人抱成团。这种有悖于常理的举动，实乃凤姐深思熟虑之抉择。一者作为贾府最高权力掌握者的贾母偏心于贾政、王夫人；二者王夫人这边倒也根深势大，既有女儿被宠幸于皇帝，又有哥哥在外做高官。而贾赦、邢夫人内既失宠于贾母，外又无根系背景，不过是按纲常荫德袭了一个官位而已。因此，凤姐的胳膊肘往外拐实是出于利益的选择。

谁是敌人？谁是朋友？凤姐深悟道于此，故在贾府中她上用伶牙俐齿承欢贾母、王夫人膝下，察言观色，极尽巴结奉迎之能事；下用威权手段杀伐决断，尽展霸道泼辣，既内修好于公子、小姐、外戚，又外联合于官府衙门。如此八面玲珑、纵横捭阖，权势之运用把握真如冷子兴所评："竟是个男人万不及一的。"

与凤姐对权势的把握才干相比，她对钱财的攫取占有同样也毫不逊色。作为贾府的总管家，凤姐借权谋私的钱财可以说是难以计数。仅克扣众丫鬟的月例钱去放债，凤姐每年就有上千两的银子收入；馒头庵她和老尼的一笔交易，她就赚进三千两白银；就连贾琏向鸳鸯借当，病中的凤姐还乘机敲了一二百两银子的竹杠。可见凤姐之贪婪到何等程度！刘姥姥一进大观园，她眼中的凤姐府第是何等奢华，就连见过世面的她也有了此处不应人间有的感慨。可以说，若论钱财与权势，贾府上下，除贾母，没有出凤姐之右者。

然而，权势与钱财并没有给凤姐带来生前的幸福与死后的辉煌，最终她还是落得个"机关算尽太聪明，反误了卿卿性命"的可悲结局。依曹雪芹原先之计划，凤姐之末路相当悲惨，所谓"哭向金陵事更哀"，凤姐是没得好死的。

凤姐的悲剧，按曹雪芹的理解是"生于末世运偏消"，这固然有其合理一面。毕竟贾府已到了"外表烈火烹油而内瓤子却已上来了"的末路境地。皮之不存，毛将焉附？凤姐再能干，也无力回天，其悲剧结局无法避免。然而就是生于盛世，以凤姐之性格，她的命运也好不到什么地方去。所谓“千红一哭”“万艳同悲”，在一个以男人为中心、为主宰的社会中，其作为女性性别自身所造成的悲剧在出生时即被注定。凤姐是在劫难逃。

凤姐之威势在贾府中是无人敢明目张胆地挑战的。然而公然背叛，假之颜色者便是她的丈夫贾琏。尽管凤姐恩威并施，既拉平儿以固贾琏，又拿刀砍杀贾琏，但终究无可奈何贾琏的猫儿狗儿的齷齪事。贾琏的偷鸡摸狗玩女人在当时的道德下被视为当然，是男人的一种权利。贾母的一句“年轻嘴馋”的解释不是说得相当清楚明白吗？只是凤姐要强之性格，在府中权势之体面容不得而已。“哭向金陵事更哀”，凤姐最终被贾琏休弃，悲惨中死去是她命运的必然结局。落毛之凤不若鸡，一旦失去权势，失去贾母、王夫人庇护，在树倒猢狲散的情境下，凤姐只能落得个任由政敌贾赦、贾琏任意宰割的结局。

因此，我们可以讲凤姐的悲剧是双重意义上的，既有她身处贾家身处末世，无可奈何花落去的悲剧，又有她身为女性的悲剧。“万艳同悲”“千红一哭”，曹雪芹的伟大就在于写出了他对女性的深深悲悼！

喝酒与品茶

汉语言实在是丰富至极。一个语词的运用，不仅能准确地表达其实际意义，甚至于其外在微妙的含义也可传达出来，即所谓的言外之意，弦外之音。汉语言的精妙之处就在这些地方吧。比如同为饮料，于酒，我们常用“喝酒”这个词来表达；而对茶，则多以“品茗”二字形容。当然，你也可以说“品酒”“喝茶”，但细想，这样的用法几乎失去语言的丰富含义。酒可以品，但那多是专业品酒师们的工作；茶也可以喝，可这只为解决生理上的饥渴。所以，我们仔细体味一番，还是觉着这“喝酒”“品茗”二词实在是精妙而不可替代。

酒的确是要“喝”的。酒的猛烈甘醇，非一个“喝”字不可匹配，并且这一个“喝”字，也将饮酒者的姿态、性情写尽。我们看樊哙在鸿门宴上大碗喝酒、大块吃肉，看曹孟德在月夜江边醉眼蒙眬、横槊赋诗，看好汉武松一口气吃了十五碗，横拖着哨棒，一步步地上景阳冈来，总觉酣畅淋漓。而非这“喝”字，又怎堪了得？再论朋友们相聚，没有你来我往碰杯干杯的“喝”声，又岂能尽兴尽意？所以酒桌上，不善饮者，在一面尴尬的同时，倒也生出对豪饮者的钦佩。

古语讲，善饮酒者侠。我们常论北人多豪侠，南人固柔情，大约从饮酒上也可看出。以皖地而言，淮河以北宿县、淮北、阜阳一带，不仅产酒享有盛名，能喝酒也闻名遐迩。产“口子酒”的淮北，甚至有“濉溪的麻雀也能喝四两酒”的民谚。这是让南人咂舌而称羡的。豪侠者多善饮酒，而喝酒又助豪侠气。北方多慷慨之士，自古以来出了那么多英雄豪杰、侠客义士，这也许与喝酒有关吧。

与喝酒的猛烈热闹相对，品茗追求的则是一种清静雅洁的氛围。一个是众乐乐，一个是独乐乐。茶是靠品的。精致的茶具，优质的泉水，上等的茶叶，沏上一杯，在清雅明亮的屋宇下，对窗而坐，轻轻地啜上一小口，细细地品味，有种超凡脱俗气隐隐袭来。因而品茗自古以来就与中国的文人士大夫们有种天然的渊源。它不仅是享受生活的乐趣之一，也是他们修身养性的方式之一。英国的狄更斯也承认：“茶永远是知识分子们所爱好的饮料。”

茶产于南方，精品茶更是产于多缥缈云霞的山间谷地。在大自然的灵液琼浆中所孕生出来的茶，唯有在慢慢品尝之中，方可品得真味。南人多灵秀，钟爱诗情画意般的生活，这大概与常爱品茗，并借以涤荡胸中的污浊之气有关吧。

一个人要是既能喝酒，又善品茗，该是莫大的美满，可惜这样的人渐少有了。现在的情形是洋酒及其他各类饮料风行。但洋酒不够滋味，与一个“喝”字搭配，总觉少了几分猛烈、豪迈的意味。而饮料就更不能“品”了，它只能是咕嘟咕嘟地喝下去，全无品茗时那份宁静、优雅的闲趣。

花草与塑像

图书馆于大门入口处放置一尊鲁迅半身塑像，对此，每个出入的人都会有所感触。然而，一日我听到一位同学竟发出“还不如摆一盆花草”的感慨来。

诚然，在图书馆这样的公共场所，摆一两盆花草无可非议，但不可就此推断出，鲁迅塑像的作用比不上一盆花草。

鲁迅先生的思想、学识是我们后世深为景仰、折服的。他具有如此深邃的思想、高博的学识，完全是他终生辛勤耕耘的结果。他说过：“我是把喝咖啡的时间都用在学习上。”当我们走进图书馆，面对这知识的宝库而产生畏怯或懒惰的心理时，猛然瞥见鲁迅先生的塑像，想起先生的勤奋与努力，至少是有触动的。

“以人为鉴，可以知得失。”给伟人、烈士、名流树碑、立传、塑像，除了表达后人的崇敬之情，更主要的是激励、鞭策时人。图书馆设置这尊鲁迅塑像，作用亦如此。

人情的怀想

有时不免想做一回古人。比如，在这清秋时节，你骑一头驴或一匹马，踽踽独行于驿道之上，看墟烟枯草、水瘦山寒，怀想着与朋友们酒尽灯残，离情别意的时光，不免生出一种温暖的悲凉来。然而，你也知道，在夕阳西下，飞鸟归巢的傍晚，某一家洁净的小客栈里，也许还会有"吴姬压酒劝客尝"般的温暖存在。这样的场景，就是我们今天回想起来，也还有种温暖而湿润的内心涌动。

上个月，我去了趟上海。坐在嘈杂拥挤的火车上，一站站默数地过去，心里就想着，上海那头是否能找着一个温暖而适意的客房？每出门至异地，在匆忙与拥挤中，这种疑惧的心理总是有的。于是，我便很自然地羡慕古人"细雨骑驴入剑门"那样的雅致与悠闲。合肥到上海，要是骑驴什么之类行走，大约要十天半月的光阴吧，然而"鸡声茅店月"般的情境，总还是让人感到一种亲近和温暖。

也是在上个月，有朋自远方来，我说要在馆子里请他撮一顿，他坚决推辞。后来在家里,我们随意弄几个菜,品着老酒。屋外秋雨潺潺,室内妻儿不时地嬉闹。这样亲近而温暖的小酒,朋友说他很久没喝过了,让人难以忘怀。

亲近和温暖,我想,其实是人生乐趣的底蕴吧。记得过去读书时,我对后世推崇陶潜、王维的山水田园诗每每不解。而今年夏天再读他们时,我便被深深地触动,大有所悟了。“春秋多佳日,登高赋新诗。过门更相呼,有酒斟酌之。农务各自归,闲暇则相思。相思则披衣,言笑无厌时。”(陶潜《归园田居》)如此一派天成醇厚温暖的人之情,怎不令人神往?

现代物质文明确实已经很发达了,然而伴随而来的是人与自然、人与人情在一天天疏远。物质上我们日渐丰富,而内心里又越发迷惘与孤独。人生苦短,什么才是我们一生追求的终极目标?我想,现代的我们该反省反省了。

人生的季节

转眼已经秋凉。看夕阳下落叶纷飞,我知道这深秋的光景来临了。还在春三月,内心就曾有愿,去有山水的地方走走。然而,这只是愿望而已。人到中年,身不由己,常使人徒生感喟。

所以说人生亦如季节。但人生的季节无法轮回。我们由少年到青年,再至中年、晚年,生命就这么一次。所谓"年年岁岁花相似,岁岁年年人不同",这是我们每个人的永久感怀。

人生如季节,当然还意味着我们生命的每个时期或阶段,都应有它的主题,如同春夏秋冬四季各有它的风光、使命一样。我们人生的每个季节里所弹奏的主旋律,也是不能错过的,否则,只能追悔而已。

青春时节,读书、旅行、恋爱应是它的三大主题。三者有缺,必定抱憾。中年时节,则应求实了。古人言三十而立,正是这个意思。家事、国事、天下事,事事缠身,你得踏踏实实地立事、做事,所谓的"立身、立言、立德",主要是指中年而言。

至于少年与老年这两个人生的季节,我不想多说了。我知道心智的培养主要在少儿时代。如果一个儿童,他的天性不被扭曲、压抑,有父母充分的爱意,适当的游戏、教育,身体健康,则可谓金色童年了。而到晚年,当然仍可发挥余热。我则崇尚悠闲度日,喝一两杯老酒,散步、养花、看书、谈天、带孙子,颐养天年,没有比这更能称为幸福的了。

山水的怀想

近闻曾享有“八水戏长安”之称的西安市，由于水体被污染，现正面临水荒的危险。又是一处被污染的胜景！

在中国，读过一点古诗文的人，都不免受古诗文里所描绘的境界诱惑，对山水胜景，总不免产生一种热烈的怀想。二十世纪八十年代初，我去姑苏城外的寒山寺，就是抱着这种浪漫的情怀。可是很遗憾，江枫渔火，夜半钟声，都没能体味到。更可叹的是，那条往来客船的河，已被污染得有一股刺鼻的腥臭味了。我想，张继笔下的胜景，对我们而言，可能永远只是一种怀想了。

山水胜景受到污染，现已日趋严重。我走过的地方不多，可就所游历的地方来看，污染的程度令人惊心。玄武湖的水已变得有点污黑，堤岸边漂浮着一层垃圾。西湖也是如此，虽说已引入钱塘江水来改善水质，但湖光山色的西子依旧容颜憔悴，令人感伤。

现在，我走一处山水，总怀有“最后看你一眼”的深情，因为可能再去游历时，她已面目不堪了。我第一次去屯溪，曾为新安江水所倾倒。“深潭与浅滩，万转出新安”，对景而咏古人的诗，怎不让人痴迷！而近年来，新安江水也被污染了，河边一堆一堆的垃圾，河面上不时漂浮的杂物总是让人十分慨叹！新安江清丽的容颜也会消失吗？这疑问总使我感到心痛。

环境问题，可能成为中国未来最为严重的难题。这绝不是危言耸听，现在淮河水的严重污染，便是例证之一。看来，环境的恶化不仅仅破坏了山水的胜景，而且也危及我们的生存了。如果说，我们因为发展经济，而使我们的名山胜水遭到破坏，使我们的生存环境不堪居住，那么，这不是悲剧吗？

舌尖上的六安

（六安纪事之二）

一个地方的吃，最能体现一个地方的文化与地理特色。中国的八大菜系，哪一样不带有鲜明的文化地理特征？像淮扬菜就不可能产在两广之南方，也不可能产在东北与陇西。吴侬软语，其菜也多甜；关西铿锵，其食具也多是碗大如盆。

六安地处江淮，其吃细分，也还是南北特色鲜明。南之舒城，北之霍邱，同样是鱼，其做法与味道不同。霍邱烹鱼，以面裹之，小火油煎后，再加以葱姜辣椒和水红烧，是淮北之做法。舒城则多以清汤煨之煲之，力求清淡鲜美，是江南的做派。而在六安城中，则兼有南北烹饪之技。所以六安人宴席中，常以四个锅仔为起底，两个红汤，两个白汤。红汤的如风干羊肉、血旺烧公鸡类，多辣咸，白汤的如鱼头汤、杆骨松菇汤，多鲜淡，兼顾南北不同客人之口味，其淳厚之民风在吃上也能略见一二。

在六安讲吃，有几道菜是不得不提的。像金寨的红烧肉、叶集的清汤羊肉、舒城的万佛湖鱼头都是六安的特色名菜，来六安一定要品尝的。金寨的红烧肉肥而不腻，色重而不咸，酥烂而又筋道，一块入口，满嘴留香。万佛湖的鱼头，叶集的羊肉汤，其色白汤浓，无腥膻之味，其鲜美令人一吃难忘。

这几道菜都选用当地新鲜食材，真正体现了食材好，食才好。六安山水兼得，山水田园污染少，所产食材天然生成，故用作食材，自然大别于他地。同样是瓜果肉食，同样的烹饪功夫，六安之味道不同于其他，在于其原料非大棚、养殖地所产。有一年到霍山漫水河一乡村人家吃饭，山民老汪没有任何准备。只见他拿个小网到漫水河上网了几条小石鱼，又唤来一只还在山地里刨食的小公鸡，从自己屋后的小菜地里摘上几根黄瓜，砍了几根莴笋。他与妻子忙活了不到一小时，四菜上桌，再配上他自己春上腌制的小野蒜头子。我们一行几人这一顿是连菜汁都吃完了。临行前，老汪一脸歉意，说是没菜，只是农家做法。可他哪知道，这是一顿让人久久难忘的美味啊！

正因为六安的食材好，所以到六安来，不要吃什么海鲜鲍鱼大餐，就吃地道的六安土菜。像舒城的干子烧肉、虾糊，金寨的吊锅，六安的蒸鸡蛋和蒸鲊肉等，都是当地土菜中的经典。这些土菜，做法也很讲究，像六安土菜中的蒸鸡蛋一般加入酱和肉末一起蒸。这样的蒸蛋，汤匙挖起来，状如凝脂，微颤而不散，口感和香味俱佳。蒸鲊肉讲究选肉，最好选五花肉，少盐小腌，再经过暴晒，最好放在饭锅上蒸，让米饭香味与鲊肉香味相杂，这样出锅的鲊肉香而不腻，口感也更有韧劲。

十大碗在金寨山区农家盛行，十样菜用十个海碗依次盛上，故而有其名。十碗菜分别是粉丝、扣肉、圆子、下水干子、虾米汤、烧鸡、瓦块鱼、咸鹅鸭、红烧肉、千张炒青菜。在金寨山区，十大碗

多用作流水席，客人来来往往，一顿流水席往往可以从上午吃到晚上，划拳行令、喝五吆六，为农家婚丧嫁娶常用的待客之道。

除了土菜，六安的几种特色小吃也是名气在外，像周家臭干子、大井拐包子、老四猪肝面等都名气不小。大井拐包子选用上好的面粉、上好的猪肉，和面时，又加有鸡汤和骨头汤，肉馅里也加有鸡丝，并且使用蹄脚、肉皮熬制的胶质凝固肉馅，所以制成后，皮薄肉嫩，味道鲜美。老四猪肝面在小面中杂有猪肝，猪肝又特别滑嫩，早晨生意非常红火，往往要等很长时间才有座位吃上一碗。每到夏季吃夜宵的时候，常人声鼎沸，男男女女在露天喝啤酒，吃臭干子、卤花生，成为六安一景。

六安的土菜小馆子多集中在云路街、齐云路一带，每到夜幕降临，小酒馆内客流不断，各取所需，客人上几个锅仔便喝起来。六安城中原先土菜做得最有名的酒店叫宏源，选料讲究，做法地道，菜品菜味多属上乘，室内装修也还讲档次，常为商务请客之用，但这两年也衰落了。大酒店不行了，小酒馆依然红火，农家乐更是盛行，真正体现了一句古言:民以食为天。

生活得写意

现代人变得越来越忙了。工作、学习、家务、应酬等一切，让我们整日奔波、劳顿。固然，生存包含着拼搏、竞争，但就整个生活而言，它只不过是其一面或一部分而已。因此，如果整日地烦忧、忙累，那么事实上我们就背离了生活之本了。

生活之真正要义何在？还是让我们先听听哲人之言：

“我们最豪迈、最光荣的事业乃是生活得写意，一切其他事情——执政、致富、建造产业等等，充其量也只不过是这一事业的点缀和从属品。”（《蒙田随笔》）

“暮春者，春服既成，冠者五六人，童子六七人，浴乎沂，风乎舞雩，咏而归。”（《论语》）

前语是十六世纪的法国思想家蒙田说的，后一段话出自孔子的得意弟子曾皙之口，但夫子本人是极赞同的。孔子一生奔波不已，而最大的志愿却是在暮春时节，与几个好友、少年去野外的一河春水里濯洗手足，吹吹春风、赏赏春色，唱着歌而归。这是何等畅快！

生活中的写意，哲人们道出了生活之真谛。

生活中的写意，首先得做到心不为形役。形者，功名利禄、物质享受也。人生一世，完全不言利，自是腐儒之论；但仅为此而活着，因此而损害或剥夺了人生自然的、必需的、正当的生活，那么，生活的乐趣又在何处呢？

我曾遇见过这样一个朋友，他已是三十好几，却仍是孤身一人。他不是不想建立一个家庭，而是——用他的话来说——他还没有足够的钱来娶一个美丽的女人，他的地位还不能打动漂亮姑娘的心。所以，他说他既要拼命地赚钱，也要一心地钻营。而当见面，看到他日渐苍老的面容时，我的心不禁为之悲哀。生活中此类事，实是不少。我曾见到一些耄耋老者，在本该颐养天年的时候仍为利禄而仆仆奔波，失却了享受天伦之乐的幸福；我也见到许多中年人，为了所谓的“五子登科”而绞尽脑汁，辛劳成病，失却了夫妻之情、家庭之爱的乐趣；我还见到一些年轻美丽的女性，为了一时的功利，竟误了花期。生活本该是丰富多彩的，人生之价值如果仅局限于物质利益的追求，那么，人生就不免太苍白了。

生活在别处

五年前，一位朋友毅然地辞职下海了。熟悉的人多不解、困惑。他有一份不错的工作，收入稳定，仕途有望，娇妻、爱子、房子，一切足以让常人称羡。然而，他抛开这些，义无反顾地去了海南。在此后的日子里，有关他的消息断断续续，说他惨的有，说他发的也有。夏日，偶然相遇，我才了解，他既不惨，也没发，一切也还称心如意，只是工作、生活的方式迥异于前了。

"这是一种别样的生活。"他感慨道。

今夏，我带着年幼的孩子，回到农村老家待了几日。然而，在小镇上，我不期然地遇见了十多年前的一位老同学。他很热情，邀请我到他家做客，去看看他的房子，吃吃他塘里的鲜鱼。中学时，我们睡一铺，共同度过求学的艰苦时光。高考败北后，他自称不是读书的料，便结婚生子了。为此，我们同学很是遗憾过一阵。

青堂瓦舍，很是宽敞，前庭后院，杂种些花树。向晚薄暮时分，我们坐在葡萄架下，慢慢地喝着酒，吃着鲜鱼，叙着旧事。

"我们的生活，也还可以吧。"酒至半酣，他很知足地说道。

我生于农家，知道农村生活的艰辛，然而，在城市生活了几年后，也体味到城里人的烦忧。过去，我总以为某种形式的生活是幸福的，另一种生活则为苦痛，现在看来，这实是一种浅见而已。

每个人的生活，实际上都是各自人生的一种尝试，本质上不分优劣。粗茶淡饭是一种生活，美味佳肴也是；浪迹天涯是潇洒，枯坐书斋也自有乐趣。人生的无限丰富性，道出了一个千古的命题——生活在别处。

说雅

风雅渐成时尚，实在是件好事，因为它毕竟折射出了一个社会的文明程度。然而，对个人而言，风雅这东西，也不是说心里想了，手头有钱了，就可以把它当作商品般地买来，抑或是自命风雅，弄一套行头，做两个风雅状，就真的风雅了。像那《红楼梦》里的薛蟠，虽不识几个大字，喝酒却也故作风雅，吟诗猜谜，反倒令人笑倒胃口。

风雅实在是有条件的。

要风雅，首先得有一定的物质基础，说白一点，在当今商品社会，就是要有一定数量的钱。钱毕竟是个俗物，所以"雅士"多不言钱。这大概要分为两类人：一类人是太有钱了，所以到了不在意的地步；还有一类人大约是没有多少钱，甚至根本无钱，于是以不言钱来掩饰自己的窘状。而这两类人都不能划到雅人中去。不过，真的风雅，还是要有一定的钱做基础的。别的不说，仅是衣食住行，况且还不是一般的衣食住行，总还是要有钱来做保障的。尤其在商品化社会的今天，套用一句俗语："钱不是万能的，但没

生活在别处

钱是万万不能的。”像那种寒衣破帽、粗茶淡饭者，要么佯狂，要么就是阿Q式的自慰罢了。

风雅者离不开钱，但钱再多，也不能造就风雅。风雅除了要有一定数目的钱，还要有闲，也就是说，需要有一定的供自己支配的、自在的时间。吟风弄月、赏花观景、品茗清谈、曲水流觞、抚琴而歌、焚香对弈之类的雅事，你只要去做，总需要一定的休闲时光。没有这休闲的时光，所谓风雅，只能是纸上谈兵而已。而囊中羞涩，整日迫于生计东奔西忙的穷夫饿汉，又何来闲暇，何来风雅呢？

有了钱和闲，要风雅还需一定的“品”。这品应是一定的艺术、学识、道德等修养的综合。《红楼梦》中薛蟠之辈，既有钱，亦有闲，唯独乏品，所以他想玩弄风雅，也终究是俗。《世说新语》载王羲之“手挥五弦，目送归鸿”，如此的风雅行为，也只有“王羲之”们才做得出。所以，品于风雅尤不可缺，这是风雅的内在条件。

要风雅，钱、闲、品，三者缺一不可。

皖西冬日的食俗

到大雪节气，真正的冬天算是到来了。农家的冬日，有着难得的安闲。晴好日，阳光融融，你走到城乡的任何一个地方，家家门前的场地，或是高高的阳台、窗前，最显眼的是晾晒的各种咸货：咸鹅、咸鸭、咸鸡、咸肉、咸猪脸子、咸猪耳朵、咸鱼等等。凡肉类，均可入盐腌制，晒干。来人待客，无桌无咸，久之便成了当地的特色，成了风物，成了客居他乡者的温馨回忆，成了外来客来皖西必品的特色菜肴。

咸货的制作也是一门技艺。将鸡鸭鹅肉洗净，沥净水，当天用粗盐搓揉表层，务使均匀，而后层层码置于缸内，封口扎紧，放置于透风阴凉处。七天左右开缸，须晴日晾晒出去，四五个风燥日晒下来方可。咸鹅体重较大，晒七天左右为好。晒好后，一般挂置于家中通风处，以干燥为主，切不可因潮湿而回卤。

皖地淮河以北，少见腌肉制品，长江以南也少见。皖南火腿制作，类似腌肉，但种类仅限于猪腿，而且与皖西相比，种类与花样远不及。淮北与皖南也有少量制作的咸鸭、咸鹅之类，但远不及皖西腌制得香、腌制得纯粹，除了手艺制作没有皖西制作精致，其原材料也没有皖西地道。一地风物一地景。皖西盛产白鹅、黑毛猪，又多散养于山水田园间，其肉质与他地有很大区别。皖西固镇、东桥的盐老鹅，三十铺的咸鸭子是腌货中的极品蜚声在外，到冬月，很多人托人求购。

以经验与感觉论之，各类咸货蒸制时，最好放在米饭锅上蒸熟。米饭的香味与咸货的香味在蒸汽中相交融，产生一种新的味道，远甚于单独蒸制。吃咸肉时最好切成五分厚，切成薄片与切成大块蒸制，味道迥异。

大雪节气过后，也是皖西风干羊肉开始制作的时候。所谓风干羊肉，就是将当年的山羊宰杀后，将新鲜的羊腿放置在北窗后风干，等到吃时割一块下来，切成条状放于火锅内，配以葱姜大蒜与红椒等料烧制。风干的羊腿切忌沾水，也要避阳，方为正宗。但风干时，室外温度以零摄氏度以下为好，不然不利于长存十天半月。

有了腌货与风干羊肉，整个冬日，便可悠闲。农家人辛辛苦苦大半年，只在这岁尾的时节，方可悠闲过日。平常家居，煮上一锅饭，锅上蒸上咸货一盘，再配上家里自产的青菜、萝卜，这一顿吃下来，自觉可抵半年的辛苦。若来了客人，多蒸上两个不同品类的咸货，青菜豆腐一个锅仔，风干羊肉一个锅仔，再炒上两个蔬菜，主客喝上几杯，便觉生活的美妙不过如此。遇到婚丧嫁娶之类的大事，皖西人才用十大海待客。十大海，顾名思义，就是十样菜用十个海碗依次盛上（海碗，就是比较大的碗），但现在一般招待重要客人，皖西人也多用锅仔，四个以上算是尊重了。几个小火锅摆上桌子，间之以咸鹅、咸鸭、咸爪子，菠菜、白菜、粉丝备烫。满桌觥筹交错，酒酣耳热，宾笑主欢，就是天塌下来，也不去管它。

文人的白日梦

文人大多爱做梦。比如在这寒冷的天气里,看阴沉欲雪的样子,便遥想着三五人围坐红泥小火炉边小酌一两杯的光景。若是下雪了,又可以去踏雪访梅。想一人在茫茫的雪原里独自发呆,有所思又无所思地漫步,若又遇上一个清亮的女子向你粲然一笑,唇红齿白,明眸飞扬,便会永远地追怀暗香浮动之情态。如此的风花雪月的悠闲或优雅情境是文人们所追求、陶醉的。于是他们品茗、赏花、望月、听雨、曲水流觞、焚香抚琴等等,一句话,悠闲地活着和活着的悠闲是文人们的人生理想,是他们的白日梦。

然而,悠闲地活着非常不易。首先得有点经济基础,说得白一点就是要有点钱。食不果腹又岂有望月怀人之雅兴?而文人成了文人,就注定了他一辈子穷困少钱。像商人,有一个钱想赚两个钱,钱赚得愈多,人愈忙,人愈忙,钱愈多,如一个陀螺似的旋转。而文人有两个钱,比如得了一点稿费或馈赠什么的,马上便想着如何去享用消受了。买买书,喝喝酒,走走山川,访访才俊,几番杨柳岸,晓风残月,便又空空如也。悠闲少不了钱,而招财进宝又非文人所乐,这样的矛盾使文人们常做起发财的白日梦来。比如,走路一脚踢出块金砖来,该多好。

文人少钱倒也罢了,但人生识字忧患始,文人还偏要心忧天下,以天下为己任。而治理天下,当然要去做官。可做官又要行做官之道:翻手为云,覆手为雨;心机深细,手段辛辣。而这些又与文人的理想发生冲突,又岂能心态悠然?因此,文人做官肯定是不行的。苏东坡不行,李白不行,屈原不行,孔子也不行。陶渊明对此悟得最透,干脆"采菊东篱下""戴月荷锄归"。可见文人与做官简直就是两道儿的,走不到一起。既心忧天下,又无能做官,文人们只得"念天地之悠悠,独怆然而涕下",登高望远,时而做做治理天下的白日梦了。

赚钱不成,做官不行,文人们似乎真无地可容了。好在天地之大,可容万物,何况万物之灵的人?文人们在白日梦醒来后,忽悟自己毕竟是自然之子。没钱,清风明月不要一钱买;不能做官,写些诗文,指点江山也还行的。于是,文人们真的悠然起来。有钱喝喝酒,无钱望望月;目送归鸿,手挥五弦;愤激文章,传檄天下。商人见了,羡慕文人的自在;官人见了,喟叹文人的潇洒。文人我行我素,文脉一直相传。世间也因此而添了一道风景线。

皖西冬日

希望

人大概永远都被欲望所诱惑，尽管智者已喻：希望乃为虚妄。然而，就是明理者自身仍不免受着这希望的蛊惑。正如那古希腊神话中海妖的歌声一样，船手们明知这歌听着听着就会丧命，但终究禁不住那妙音的诱惑而前去。

在我们的生活中，此类的例子实是很多。比如说，生活中的你我，大都希望自己的子女顺顺当当，将来能出人头地，成龙成凤，然而理智上我们也知道：子女将来不大可能一帆风顺……

由此可见，鲁迅说“希望是一种心造的幻影”。我们人类虽为万物之灵长，长期以来与天斗，与地斗，与恶斗，铸就了刚勇顽强的一面，但就我们的情感而言，其实脆弱非常。人生短暂，逝者如水，而不如意事八九，如意事一二，此种生存状态下，我们实在需要可以慰藉心灵的希望。蒙田说：“摇动的灵魂，如果失掉把握，必定渐渐地在它自身消失，因而我们要常常供给它可以瞄准和用力的对象。”（《蒙田随笔》）这真是一语道出希望的真谛。我们的生活中不能没有希望，尤其是处于困厄逆境之中。

希望既不可缺少，又多为虚妄。这两难的命题，实在是将我们置于尴尬的境地。然而我们真的就无所适从了吗？答案还是有的，那就是紧紧地抓住现在，只问耕耘，不问收获。因为失去现在，便没了将来，希望更是无从谈起了。

我们在生活中，有时不免将某种希望全部寄托于将来，从而消极等待，这实是自欺而已。所以帕斯卡尔说："庸碌的人才将全部的希望寄托于来世。"

我们有时也明明知道，某种希望实在是渺茫得近乎虚妄，于是就因此而消沉、绝望，少有作为，这同样是不足取的。孔子不是明知天下有道无望，但仍退而著述吗？老子归隐，还留五千言书。司马迁几乎是抱着绝望的心情，完成其辉煌大著的。所以，鲁迅写道："倘使我还得偷生在不明不暗的这虚妄之中，我就还要寻求那逝去的悲凉缥缈的青春，但不妨在我的身外……纵使寻不到身外的青春，也总得自己来一掷我身中的迟暮。"(《野草》)此真乃战士之音。这种绝望的反抗与拼争，是我们应持的生活态度。

学会宽容

女性爱逛商店大概是天性，尽管她可以什么都不买，仅想饱饱眼福而已。而男人可能是十有八九烦厌逛商店的，除非他不得不去选购物品。所以，妻子和丈夫在这点上的冲突大约不可避免。我刚结婚时，妻子就曾为此事与我生过气，只是渐渐地我们倒也彼此相适应了。商店她还是爱逛的，不过，她说她已学会了宽容，不再强求我陪她一起。

确实，学会宽容乃是我们生活所必需。大千世界，芸芸众生，性别、年龄不同，种族、文化有差异，生活环境的不同注定了我们各自鲜明的个性差异，注定了我们的思想、情感、审美、生活方式的差别。世上没有相同的两片树叶，何况我们人呢？承认这点，我们就得承认生活中宽容之必要。我们每个人都没有理由对他人的生活方式、审美情趣、习惯嗜好品头论足，我们也没有任何理由将自己的所爱所恨强加于别人。如果那样的话，就只能说明我们自己是狭隘与鄙陋的。

狭隘与鄙陋，我们每个人都曾有过。我生长于乡下，第一次进城见城里人吃饭只用小碗，盛菜也仅用小碟，就十分瞧不起，讥笑城里人怎么会如此小气吝啬。而数十年后，我也成了城里人的一员，吃饭也用小碗，盛菜也用小碟，忆及当初，自己是多么可笑啊。我想，这与阿Q讥笑“城里人将长凳称为‘条凳’，女人走路也扭得不很好”的鄙陋，实在毫无二致。所以，认识上的鄙陋固然是我们人类自身的弱点，而克服它我们则需要学会宽容。哲人说：宽容乃是一种美德。确实不错的。

学会宽容，但“人打我的左嘴巴，我的右脸迎上去”的忍让，我还是反对的。而以此为借口来任性妄为，违背法律、道德，则更背离宽容之旨了。子曰：“己所不欲，勿施于人。”学会宽容，我想还要：己所欲者，亦勿施于人。

第四辑　游记类

春到马鬃岭

从合武高速金寨县花石乡下道口右拐行约十公里就进入了马鬃岭，放眼望去，一片绿的海洋。四月下旬，山下已入暮春，户外的阳光也有灼人之感，可在海拔一千多米的马鬃岭上，和风煦煦，阳光暖暖，群山苍翠，山花烂漫，这是马鬃岭春天的最好时光。

春天的马鬃岭层林尽染，但染的是绿，墨绿、浅绿、深绿、嫩绿、淡绿，而所有的绿，大块、小块，方形、圆形、菱形，高低错落，这原始森林的绿色，在春天也是这么富有层次。就在这一块块的绿色之中，点缀着一丛丛映山红，抑或是浅蓝色的野杜鹃，让人体会到古人的“绿肥红瘦”这个词是多么贴切自然。我脚下的山岭，各种林木交织在一起，大树参天，小树斜长，藤枝相缠，野性而恣意。有的新芽初发，有的绿叶已成，旧叶新枝交融。山风吹来，颤动的枝叶呼呼有音，轻柔而有韵律，如涟漪般荡开，间或有一两声清脆的鸟鸣夹杂其中，这是马鬃岭的春天之音吗？

映山红是马鬃岭春天的俏姑娘，山崖上、道路旁、林海间，一丛丛艳丽的映山红衬着大块的绿色，总是那么夺目。在登山步道的最高处，竟有一株特大映山红，花冠如伞，虬枝盘卧于山岭之上，一树艳花，毫无娇羞，灼灼逼人，野性而烂漫。“你是那样的你，让我可怎么好？让我可怎么好？……”一首久远的歌从我心中泛起，站在花前，我竟情不自禁地吟唱起来。

马鬃岭的春山让人留恋，马鬃岭的春水也令人钟情。山下的千坪村，村前有一条花石谷，谷中有条花溪。远看，溪水在一堆堆白花花的石头间蜿蜒而去，间或有几处小小的深潭镶嵌其间，在阳光下犹如碧玉般纯粹，与河谷旁的映山红映衬着，构成了一幅生机盎然的春溪图。走近花溪，淙淙溪水在花石间轻轻流淌，水清见底，几条小小的娃娃鱼在水中漫游，一处两处浅浅的潭几乎相连。河床中有大块大块的花石，黑色、浅白色、淡绿色、深褐色的条纹肌理，构成山状兽形、房屋农田等。有一块大花石竟有半面墙之大，斜躺在河床上，竟如一幅天然的水墨画、石雕图，鬼斧神工，让你不得不称道大自然的伟大。

花石谷完全是野性的，两边没有路，没有河堤。行进之时就在大石与小石间辗转腾跃，稍感体热，就蹲下身来，掬一把水，清凉到心底里去。当地的向导老步介绍说，花石谷的最高处通向月亮坳，那里海拔一千七百米左右，是大别山的第二高峰。缘谷而上，又一条小溪加入其间，小溪水流湍急，叮咚作响。小溪的上面是一道瀑布，终年泻玉流翠，琼花乱飞。瀑布之上则是大片的原始森林黄山松，有的树干一人合抱不起，树下则是厚约一米的松针，柔软如床。只是山道艰险，我没有再攀登上去，留下遗憾，也留下再来的理由。

是的，马鬃岭，原始而野性的马鬃岭，我还会再来的。我要看你色彩斑斓的秋、白雪皑皑静谧的冬，还要在夜凉如水的夏夜，看你满天的星星，静听动物们在林间奔跑。在这云淡风轻的春天，我挥挥手，向你告别，不带走一丝的云，却留下美好的回忆。

春花大别山

空气中弥漫着淡淡的幽香，微风拂过，这幽香一下子渗到脑里、肺里，甚至全身的细胞中，你闭上眼睛，似乎想整个人悬浮在这淡淡的幽香的空气中。放眼望去，白的、青白的、粉的、淡粉的，一团团点缀着满满的山谷。灰色的杂树成片状构成不规则的图案，成了背景，也成了这花海的一部分。这是二月底铁冲乡境内玉兰谷的景象。尽管二月的春风吹在脸上还有寒意，但一股暖暖的热气似乎已在群山间升起，沉眠了一冬的大别山开始苏醒。

无数的游人前来，赏春山，踏春山，沉浸在这人流与花海的氛围中。走近这一株株盛开怒放的、含羞半开的玉兰树，漂亮的姑娘们把鼻子贴上去，用玉手轻轻地抚摸花朵，男人们的手机响成一片，春天就这样被裁剪下来。十里玉兰谷，十里花香，十里春山图。

十多年来，我几乎每年都去这玉兰谷看看赏赏，去感受大别山早春的气息。玉兰是大别山中开得最早的花，当地人也称她为望春花。玉兰一开，山樱开始烂漫，灰色的山山岭岭、沟沟坡坡被

烂漫的粉白色的山樱花点缀，玉兰和山樱向所有的人报告着春的信息。

玉兰、山樱怒放之后，桃花、杏花、梨花、梧桐花、油菜花等各色花朵次第开放，茫茫大别山的色调也从青灰色变成嫩绿、青绿、墨绿。万木新枝嫩叶一夜春风一个样，一场春雨一个样，到春山滴翠的四月中下旬，野映山红开放，大别山最美的季节来到。

一簇簇、一丛丛、一片片，粉红、嫩红、鲜红，映山红点缀着嫩绿的大别山，让行人目不暇接，心里春潮荡漾。

最恣意烂漫的映山红开在金寨铁冲乡的杜鹃岭上。这里是安徽、河南两省交界处，方圆数里的映山红开在山道边、山脊上、山崖处，甚至像红霞般披在山坡上，花影重叠，堆红叠绯，开得气势磅礴。春光灿烂日，对着野花烂漫，暖风拂面，让人怀疑这是不是人间。

最冷艳的映山红要去马鬃岭赏。在大片的原始山林里，大片的嫩绿与浅绿间，就有那么多株映山红，星星点点地点缀着绿海，她们在绿海之中泛着耀眼的红色，高贵尽显，冷艳自现，你绿我红，让整个马鬃岭春光无限，让人不肯离去。

最秀美的映山红可到霍山的屋脊山顶去看。约早晨五点的样子，从山脚下往上走，这样一个小时正好到山顶。红日从东方的云海里升起，四围的群山被云雾笼罩着，时隐时现，而屋脊山顶上的几株大大小小的映山红披着薄薄的雾纱，在这晨光的映照下，娇媚动人，姿态可人。

大别山的道路如今已通达四方，沿红岭公路、马丁公路、大别山旅游通道，这几处都可随意到达。四月的春天，顺着弯弯的山道，处处是景，你可以走走停停，道边有数不清的农家小院、茶谷驿站，供你小憩。喝一杯新茶，看满眼春光，你不免生出人生复如何之感慨。

“何须名苑看春风，一路山花不负侬。”从二月到四月，大别山的春花花信不断。而每年的这个时节，我都要去大别山走一走，除了赏花看山，我也想让山里的绿野春风荡去我心内一冬的浊气。年岁渐老，但这烂漫的山花也能激荡起尚存的青春气息。

大别山的春天，你是我生命的一部分。

“红绿路”上走一走

从六安市裕安区青山乡经苏埠、独山、西河口，翻越十八盘至霍山诸佛庵，一路山水景明，有湿地、丘陵不同地貌，峰回路转，步步有景，是休闲的好去处。此一路风景又每每与红色相关，历史与人文辉映，故我称之为“红绿路”。

青山乡是当年红一军的创始人许继慎的故土，他家的旧居仍在。几间宽敞的草屋背依青山，面对淠水，周边是他家的田地，能让人依稀想象出他家当年的富足。可这位富足的许家少爷不满于现状，在安庆加入革命阵营，又跑去黄埔军校，北伐时在叶挺独立团当营长，一战成名。1930 年，他受周恩来之命，回到家乡创建红一军，打出了鄂豫皖苏区一片天。“鼓轮破巨浪，风送夕阳归。明晨云雾散，昂首看朝晖。国事艰难日，英雄奋起时。光阴如逝水，觉醒不宜迟。”许继慎在求学时写下这首诗，其志向今天读来依然让人起敬。

青山向西便是苏埠。青山、苏埠就是当年著名的苏家埠战役的发生地，徐向前元帅在此一战成名。当年三十一岁的他，在此挥斥方遒，率红一军一万多人，运用围点打援战法，四十八天内歼敌三万多人。这是中国工农红军战争史上最大、最成功的战役。此战例已被国防大学、美国西点军校等多所世界著名军事院校作为经典战例编入教材。今天，在苏埠横排头景区，我站在徐元帅的高大雕像下，不禁有“遥想公谨当年”之慨叹！

苏埠在淠水东岸，西岸就是著名的老区独山了。独山号称“一镇十六将”，五十五年里有十六人被授予将军衔，是著名的将军镇。当年的独山暴动使独山成了后来的鄂豫皖苏区中红色皖区的中心地带。这里已是大别山深山区的边缘地带，向西向南，山逐渐伟岸起来，浅山相连至西边大别山腹地，退可入山，进可入原。山间盆地与水边平原盛产粮食，大别山所产木材、茶叶在此集散，也为当年的红军提供了不绝的物资。如今的独山还保留着当年苏区的邮局、小学等旧址。

从独山跨西淠水进入西河口，这里就是刘伯承元帅的夫人汪荣华的老家所在。这位皖西姑娘出身农家，十三岁参加红军，走南闯北，是位老革命。汪荣华一生清廉自洁，20 世纪 80 年代初，她家老房子仍在，当地政府进京请示她，要为她修缮故居，但汪荣华不同意，说参加红军能活下来很不容易了，修缮故居让人参观，怎对得起烈士们？所以如今到西河口，汪荣华的故居已无迹可寻。

气候、地理变化让今天的淠水不再有往昔雄阔的气象，只是偶尔在夏天的暴雨季节，河水肆意奔腾，才仿佛回到从前的时光。但是在苏埠的横排头之上，你会看到淠水一直保持着那副静静的面孔。春秋冬三季，大面积的湿地静如山中的女子，披着长发，明眸皓齿，秀姿万千。这湿地从横排头绵延至独山，最宽处有一公里多。湿地上白鹭成群，野鸭游荡，水牛在草甸上享用美食，白鹅在清波中顽皮嬉闹。云淡风轻，两岸青山相依，沿河公路曲折蜿蜒，人行其中，如在江南。

要赏淠水的雄浑与阔大，九公寨山顶为最佳角度。九公寨原名九公山，山峰不高，但登顶一望，才可见其绝壁之险、山谷之幽，放眼一望，可见淠水之壮、山湖之碧，又有画眉鸣幽，林木蔚然。

夏日黄昏时分，从九公寨向远方眺望，晚霞夕照，淠水与青山披上了一层薄纱，天地间一片静穆。远山如黛，远水如练，而东西淠水相汇后，阔大的水面在夕阳下泛着淡青微黄的光，波澜壮阔又不惊，似一对情侣般相依。东西淠水就是在这九公寨的山下汇成大河，连为一体，浩荡奔流北去，这山便是水的见证了。我在山顶，东望苏埠，西眺独山，许继慎、徐向前在眼前这片土地上金戈铁马的阵阵声响从历史的天空中传来。此种体验非登临而不可得。

沿公路至独山往南一折，便进入大别山的深山区了。宽广的水变成了小河与山溪，路也越来越弯，缘溪而上向南便进入了深山区，这就是十八盘山岭。山高路险，有十八道弯，故称十八盘。十八盘竹海在南坡上观赏尤为壮观，上万亩的竹山连为一体，轻风过后，翠竹浪打，轻涛如海浪呢喃。

赏十八盘竹海，在大雪晴日为最佳。雪后远望群山，皑皑之下，竹海透出些隐隐青光，给这雪染上些许柔和的色彩。而近看竹林，这一根根笔直的竹竟在雪压下弯起了优美的弧度，雪在青青竹叶的映衬下，显出娇气与粉嫩来。下了十八盘，往山里走，山越来越大,这便进入大别山的腹地了,山水自是另一番景象。

这条“红绿路”,每年我都会去走走,四时景色不同,春花秋月各异。老区民风淳朴,任何一个路边的农家,你只要去了,主人都会热情地给你沏杯茶。品一杯地道的农家瓜片,看一眼外面的青山绿水,甚是心旷神怡。

江南之春

江南最好的季节我以为在三四月天。“江南草长”“群莺乱飞”“春来江水绿如蓝”等诗文描绘的就是这个时节。在烟花三月的一天，走在江南乡野春草青青的阡陌小道上，看满眼金黄色的菜花，听叫天子一声声啾鸣，熏了满身满心满脑的香气，这样的踏春怎能忘记？当然，能在烟雨中乘一叶扁舟顺青弋江或新安江漂流而下去寻春，再美妙不过。山色空蒙，绿水如蓝，春江如醉，映山红点点，白墙青瓦的人家片片，这一切会洗涤你的五脏六腑，你的每一个毛孔。

那年的春三月，同学李君邀我去他家玩玩。他家住芜湖县，一个靠近黄池，与宣城、当涂相临的小村庄。霏霏细雨接连下了几日，我们在中江桥码头上了一艘小船，逆青弋江而上。细雨如烟，春江碧绿。清水之上，江与堤平，堤上牧童一二，江上三五渔舟，两岸花草如织，远处村庄鸡鸣狗吠。如此春江美景，让我这个北方人看得痴了，索性将双足伸入江中，当即吟出了两句诗：“烟花三月向黄池，春江细雨伴我行。”

小船一直开到李君的家门口。他的老父亲忽然看到他的儿子归来了，一脸的激动。老人家说，他要去抓几条“桃痴鱼”，让我这个北方人尝尝鲜。说完，他拎个小鱼篓出门去了。李君那略显娇羞的小妹子则忙着去厨房烧火了。我实在是闲不住，又乘“小划子”去河对面的黄池小镇游逛。

黄池古镇不大，走在那坑坑洼洼的青石板街道上，怀旧之意顿时涌起。街道上人不多，那木板为门的店铺里有三三两两的人在喝茶，一副悠闲的神情。我打着雨伞漫无目的地闲逛，只是在街东头的那棵灼灼桃花树下发了会儿呆。诗仙李白当年往返宣城、当涂间，在黄池小镇的客栈、茶馆也都曾驻足流连，并写下了“春风入黄池”这样的诗句，遥想当年，李白也是满怀春情地在此盘桓啊！

等我返回李君的家时，他的小妹和老父亲已经准备好了饭菜。老人家谈兴很浓，让我多吃点他现抓回的“桃痴鱼”，说这是江南最鲜美的鱼。老人家黝黑的脸，个儿不高，目光慈祥，浑身散发出江南人那种特有的干练。他抓到的“桃痴鱼”也的确是我迄今为止吃过的最鲜美的鱼。我不知道这“桃痴鱼”的学名，不过这“桃痴”二字真是富有江南之春的诗意。

江南之春，无论你去看、去听、去感受，总是美的。“江南无所有，聊赠一枝春。”由此可见江南之春的分量和价值！

九十里画廊上的花事

从六安城南的悠然南山到毛坦厂的东石笋约九十里，六毛路相连其间。这一路冈峦起伏，山水景明，野趣尤佳，人行其间，恍若江南。她是六安最美的一条乡间路，被称作“九十里山水画廊”，倒也名实相符。

在春天里的九十里画廊，当然要寻花。早春二月，春寒料峭，但当蜡梅余香未了，玉兰花便绽苞吐蕊了。画廊一路，没有成片的玉兰，但农家庭前院后的一两株盛开的玉兰是那么抢眼，吸引你停下来驻足欣赏。东河口老奚家院内有一株玉兰，闲时我便来看看。旷野清寥，远山漠漠，一树玉兰洁白。我和老奚品着他特制的小打瓜片，坐在庭院里的小木凳上，一言不发地看着花发呆。老奚自称是个粗人，一生事茶，于茶道有悟。去年春天到他家看花，他一本正经地说，小姑娘纤纤素手采的茶与老妪粗手采的茶，制作出来的味道不同。他拿出两款茶让我品品。我细品之下，还真有那么一点点儿不同。见我认真，他哈哈大笑。不过戏言之后，他倒是认真地告诉我，有一铅罐的茶，炒制时加了几片这树上的玉兰花片。他说有一年看到一树玉兰摇落，不忍心随尘土扫去，突发奇想，想在制茶时加进去。于是他一片片捡起，放入保鲜箱中，待三月制茶时，还真制作了这款茶，不销而只为已用。自称粗人的老奚惜花如此，也够可以的。

三四月是花事最盛的时节。九十里画廊上的桃花一片片的，灿若云霞。从中店到张店，路两边的冈上桃花最盛，六毛路边，凡有桃花处，总见行人停下车来，走到桃花丛中拍照留影。那年三月，我和张子几人寻芳踏青，从中店右拐，进入一乡村小道，车行四五里地，忽见大片桃花，满冈粉红粉白，花香浓浓，似闻千里之外。张子是跑着过去的，城里的姑娘哪见过乡村野地里的大片桃花？拍、自拍，张张是人面桃花，笑意从心底漾出来。惠风和畅，阡陌青青，桃花灼灼，笑语盈盈，真正是无限春意。同行的麦子说，就是在那一瞬，他喜欢上了张子。麦子前天还来电邀我重游桃花岗，他说他和张子现在每年都还去桃花岗，为赏花，也为重温爱情。

从中店到张店，大约也就十里地吧，全是丘陵地带，道路蜿蜒。桃花开完就是油菜花，一块一块的，嵌在冈上坡下，宛如织毯。坡底下是白色的水田，鹭鸶在水田里悠闲觅食，细雨微风中，这田园风景让人难以忘怀。从张店往南，便进入山区。春山苍翠之中，樱花谷是一定要去看看的。樱花谷位于鸡鸣岭。相传，朱元璋和陈友谅曾在此鏖战一夜，至雄鸡破啼，东方露白，朱元璋方才击退陈友谅，鸡鸣岭由此得名。鸡鸣岭路段东侧岩石突兀，岩下栽有近千棵樱花树。春三月，这里漫山樱花盛开，飘曳飞舞，清风过，伸手处一掌花瓣。

四月中下旬的时候,映山红开了。从张店往毛坦厂东石笋是山间道,青山翠绿,一株两株的映山红在这大片的翠绿中分外抢眼。“万绿丛中一点红”,这句子真正是再贴切不过。那年我与何君开着车,一路寻映山红去,到东石笋干脆下车,沿步道上山。附近的农家人说,近处的映山红这些年被人挖走了好多,好的只在人迹鲜至处。步道崎岖,但闻山溪轻吟、春鸠鸣唱,一路清幽,我们倒也兴致盎然。到达山顶后,我们坐在一块青石上歇息,让春风拂面,观翠山满眼。正惬意时,何君说:“你细闻闻空气中的味道,是不是有点幽幽的香味?那是兰香啊!”我细闻细品,还真有点淡淡的兰花香,一缕缕的,似有似无。满山满眼的青翠,哪里寻到兰花的影子?可是我们真切地感受到她的存在。这就是所谓的空谷幽兰吗?也真是让人醉了。

美丽的大湾

沿合武高速从花石下，经七岭转向马鬃岭方向，车行约四十分钟，便是大湾村。这一段行程，像一个巨大的“之”字形，除一小段山路，大部分的行程沿着白水河走。路随河转，只是越往上走，山越高，白水河变得越窄。秋季的白水河，水量不大，但水流湍急，清清的河水在河床上的碎石中激荡，哗哗声远近听闻。这些碎石大小不一，小如拳头，大如牛头，枯水的季节，从高处望去，如一条白项链在青山之下蜿蜒。

白水河到了大湾村村部，河的西岸形成了一个大大的湾形小谷地，这小谷地平坦得像是牛胃一般。白水河沿着东北面的山脚蜿蜒着，如一根细细的绳子系着这西南岸葫芦一样的田块。我想，这里被称为大湾，不是通常意义上大河的湾地，而是山湾。世居大湾的人们称这里的河，从来不叫白水河，而呼为荞麦河。山民们说，过去这里种植着成片的荞麦，故呼其河为荞麦河。荞麦河是白水河的上游，从这里再往上走三公里左右，便是她的源头马鬃岭。

美丽的大河

马鬃岭是大别山中部最著名的风景区之一。远远望去，山形宛若一匹奔驰在崇山峻岭间的神驹之头颈，参天林木高低错落是它飞扬的鬃毛，故得此名。马鬃岭地势高峻，海拔均在一千米以上。这里是华东最后一片原始森林所在，林木类型多，名木古树丰富，现在已被批准为国家级自然保护区。马鬃岭在大湾村的正南偏西方，高高的大山挡住了大湾人家的视野，但也给这里的人们留下了观赏马鬃岭云海浩瀚的最佳视角。

在马鬃岭的东南方是著名的帽顶山。帽顶山海拔 1523.1 米，山势挺拔，高耸入云，远远望去，它酷似“一顶神仙的帽子”。帽顶山有明显的垂直分带自然景观，从山脚下的阔叶林到山顶的针叶林，植被不断变化。低海拔处，杉木、柳杉、马尾松等人工林成片分布，各类林木郁郁葱葱，生机盎然。海拔渐高，景观迥异，峭壁间、陡岩上，黄山松迎风而立。帽顶山季节不同，景色各异。春天草木蔓发，百鸟相鸣；仲夏林木蓊翳，凉风拂肌；秋天层林尽染，枫叶如火；冬日积雪茫茫，气势磅礴。帽顶山山高壑深，山林中不时出没野黄狗、山豹、野鸡等珍稀动物，白冠长尾雉、小灵猫、金钱豹、原麝、大鲵等国家级保护动物。山林内更有各种鸟类，据专家调查有一百多种。

帽顶山山顶有一座山寨，现名为帽顶山古寨，是大湾的先人汪宜弼所建。古寨内有城墙，厚达两米的大青山城门至今保存完好无损，寨内石缝中有一泉水，清凉甘醇。咸丰年间，捻军一部席卷此地，族主汪宜弼率家族老小避难此寨中。大湾村汪姓的祠堂就坐落在村庄的正南处，这里抬眼就可看到高高的帽顶山。我想，所有汪姓居民每年来此祭祀先人时，无须老人言说，只要抬眼一望，家族的情怀、对先人的崇敬之情便会油然而生。

紧挨着帽顶山的山脉叫凤凰头。凤凰头在帽顶山的西南侧，山脚下就是荞麦河。凤凰头在正南方与马鬃岭相对，山势呈西南一东北向，虽然海拔也是在千米之上，但她如一只美丽的凤凰安静地守在帽顶山边上，其美丽的凤凰尾长约两千米，如一道屏风一直蜿蜒到荞麦河的支流龙潭河边。龙潭河实际上是一条山溪，水流清澈，发源地为帽顶山。缘溪而上，可见三大清潭，潭水深绿，深不见底。这里是户外探幽的最佳所在。

大湾村的西边诸大山呈南北走向，南接马鬃岭，仙人洞、香炉尖、骰子坪，这些山脉一路逶迤而去，向北展开，海拔多在一千米以上。大湾村便被这四围的大山包裹着，层峦叠嶂之下，流淌着宽不过五米的荞麦河。荞麦河的两岸平坦处，是田地和人家。千百年来，山民们生于斯，长于斯，逝于斯。如果没有战乱与天灾，这里倒也像是个世外桃源。

春天的大湾，冰雪消融，荞麦河水陡涨，小河里鹅鸭水中嬉戏，怡然自得；燕子在山谷中轻盈地飞来飞去，衔泥筑巢，呢呢喃喃。山上的花竞相吐蕊争艳，洁白无瑕的望春花、幽香纯净的兰草花、争奇斗艳的映山红让人目不暇接。夏天的大湾一派深绿，满眼的苍松翠竹。天气就是再炎热，这里也是凉风习习。夜晚满天星斗，虫声唧唧，打开纱窗，无须空调，夜凉如水。四围寂静无声，只有荞麦河水声哗哗地传来，偶尔听闻河边人家的一两声犬吠。实在是避暑的好地方。

秋天的大湾，天空高远深邃，一碧如洗。山林变得五彩斑斓，层林尽染，色彩无限。河边的小田块中，稻子金黄。南瓜的叶子落了，一个个大南瓜似乎睡在深黄色的野草中。泡一壶茶，闲坐庭院中，赏满山秋色，自是醉人。

冬天的大湾，白雪封山，四周白皑皑一片，但茫茫白色中又透出隐隐的青色来。山林与白雪相映，大雪终究掩盖不了墨色的山林，隐隐的黛色大概就是最好的画师也画不出来。农家没事了，家家烤着火盆，来了邻家，摆上酒杯便喝，喝到坐不住了，才罢休睡去。只是醒来，邻家的孩子已等候多时，说父亲叫来的，再请他喝两杯御寒。

这深山的小村，不惊艳却耐看。

日记几则

游岳阳楼

21日至岳阳，看望老友吴总。他在湖南大通湖养蟹。22日登岳阳楼，同行者吴君贤进，何君高军。留诗一首记曰：

洞庭湖前思邈邈，
岳阳楼台仰圣贤。
忧乐先后谁告吾？
秋水长天泪泫然。

2016年10月27日记

三峡记游

26日晚，自重庆登游轮，独游三峡。挥手重庆去，夜行向三峡。

27日游丰都、忠县石宝寨。川江丰都以下，急流险滩不再见，水面开阔几近湖。想昔日之貌已再难见。人改造了自然，便也失去了自然。小诗记：

两岸青山隐，
高峡出平湖。
江水平深阔，
无声向荆州。

丰都为鬼城，石宝寨为义地。感而记之：

阎王殿前辨善恶，
石宝寨上忠义扬。
长江千古流天地，
中华文化源流长。

28日晨达奉节，游白帝城。午过瞿塘峡、巫峡，一路山水壮美。至巴东，换小船行30里神龙溪，一路清水悠悠，听土家妹子歌清玉脆。小诗记：

白帝城头思蜀汉，
瞿塘巫峡看画图。
巴东清溪土歌亮，
灯火阑珊再登船。

29 日夜达三峡大坝，船泊秭归城外。雨打弦窗夜色冷，屈子、昭君遥相望。上午游大坝，再过西陵峡，午达宜昌。弃船登岸，乘高铁返肥。小诗记：

夜泊秭归雨夜冷，
屈子昭君泪千行。
西陵秋色依然在，
二子可曾识故乡？

2016 年 10 月 26—10 月 29 日记

六上黄山记

春三月，约友人五个游黄山，后又游千岛湖。这是 16 年后，六上黄山。18 年后，三游新安江。小诗记：

风景依旧人已老，
情满黄山忆当年。

新安小舟画屏览，
春江春水不了情。

2017 年 3 月 27 日记

呼伦贝尔、河南、山西记游

8 月 14 日至 27 日，以休假之便，邀侣约友走哈尔滨、满洲里、呼伦贝尔东北一线，观草原风光。此后，又受霍邱陈总邀请去河南武乡等地一游。过太行，经太原，观壶口瀑布，越中条山达洛阳、开封。几乎半月中，除三日休整外，均在行程中，八千里路云和月之谓乎？观山河壮美，察风俗人情地理之异，感千古人世沧桑。作小诗以记：

老夫犹作少年狂，
走马草原越太行。
壶口浊浪三千里，
汴梁城头话沧桑。

2017 年 9 月 1 日记

游边城、过长沙记

边城的傍晚依旧清丽，风韵犹存。地处湖南、贵州、重庆三省交界处，沅江的上游，这里称作油江。风轻水清，只是油江水悠悠，翠翠难寻踪了。

10日离长沙，别友人，冀岁月静好，事业有成。小诗以赠：

湘女多情斑竹泪，
屈子长啸问九天。
楚地儿女多奋发，
芙蓉国里尽朝晖。

2018年8月11日记

惜春记

蜡梅开完，玉兰花放。继而海棠盛开，桃红柳绿，樱花肆意。到映山红怒放，蔷薇遍开，这春天也近尾声。月季与石榴花再灿烂，也留不住这春天。流水有意，落花无情。春归去，春归去，一个惜字怎堪了得？

2019年5月15日记

去重庆车过襄阳记

朋友吴贤进在重庆养蟹，再三相邀去。于是特意买了绿皮火车硬卧的票，一路缓行，观车外山水园林，思绪翩翩。过襄阳，万家灯火。作小诗记思绪：

一书一茶一人行，
二十年后忆旧情。
岁月迟暮心未老，
犹如光武出东城。

2019年12月4日记

冬日小景记

告别秋天，迎来冬日。北方以雪，南方洒雨。冬日有吃糍粑糖的习俗。小诗以记：

北地中雪已纷扬，
南方小雨换秋妆。
最怜人家小儿女，
倚门独望糍粑糖。

2020年11月22日记

冬日游查济小景

今日农历初六，去泾县查济小游。江南之冬，润湿如北方早春，薄薄的晨雾，远山的野樱，自透出江南氤氲的美。小诗记：

江南春来早，
小院农家闲。
细水绕村过，
青山郭外绵。
野樱芳菲起，
嫩桃伫小园。
二三子对饮，
欲说已忘言。

2021 年 2 月 17 日记

游杏花村记

五一与江永泓夫妇同游池洲。观杏花村，登山观湖两日。诗小记：

翠微亭下池阳地，
半山半水半为城。
四月江南风景好，
只看小杜杏花村。

2021 年 5 月 3 日记

过黑石渡农庄记

11 月 24 日，过霍山黑石渡镇，在一农庄吃饭。其环境清幽，喜之爱之。作小诗以记：

农家庭园山里客，
小酌一杯醉冬日。
不管山外多少事，
且偷浮生半日闲。

2021 年 11 月 24 日记

晓天汪家小院记

4 月 1 日，再来舒城晓天镇汪之存居所，购茶叶。此屋舍风景绝佳，望远山如黛，观庭前新花，听春鸟鸣啾，一杯新茶在手，有山中桃花源中人之感。作小诗以记：

小院杜鹃蕊正盛，
山上杂树嫩绿初。
火焙新茶芳四溢，
春到四月忘返家。

2022 年 4 月 1 日记

叶集平岗喜逢甘霖记

受老乡袁孝友邀请，去叶集平岗看果岭。此地昔为荒岗，今成果岭，产红桃、秋月梨。今年久旱两月，去时傍晚，逢甘霖初降，欣然小诗以记：

细雨如油润平岗，
红桃下市梨正长。
昔日荒岗成果园，
秋月梨摘寄谁尝？

2022 年 6 月 23 日记

绩溪游家朋记

8 月 30 日去绩溪讲课，次日得闲，去家朋一游。绩溪家朋，皖南名村，许氏遗踪，磡头有迹。作小诗以记：

有心去采莲，
无意到家朋。
群山如画屏，
梯田正葱茏。
云涧流水长，

许家多遗踪。

先古仁义厚，

思今愁绪中。

2022年9月1日记

沙河的秋天

从斑竹园向西翻过一条高高的山岭，便是沙河。沙河实际上是一个谷地，南北走向有一条小河，当地人叫她沙河，沙河因河而名。这里是湖北、河南、安徽三省的交界处，往西南翻一个山岭到湖北，越过的地方就是河南，沙河就卧在两道逶迤不绝的山岭下。或许是这里地势相对开阔，又处于三省的交界处，所以自古便有了人家，有了今天的小街。

深秋的沙河，山岭处处不能用色彩斑斓来形容。但大片深绿的主色调上，点缀着暗红、绛红、灰褐，间或有几点闪亮的火红与金黄色，这些不知名的大树、小枝、灌木丛与秋草把秋山点缀得缤纷有致。山岭下的色调更灵动鲜活一些，河谷上有一大片桑田的青绿，有几棵红色的乌桕散落在田野，与村边几株或十多株的金黄色的银杏树一起，构成了沙河秋天的风景。

沙河的银杏，在千里大别山都很有名。这里的房前屋后、道路两旁，栽种的银杏树的确比大别山其他的地方多，是风俗使然，还是这里的水土特别适合银杏树生长不得而知。在小街的南边，近东面的山坡上，就有五株特大的古银杏，高耸参天，最长的树龄有七百多年。这几棵大树，两人合抱之围，树干笔直，满眼金黄，像几把巨伞在空中打开。秋风轻拂，一片两片的黄叶不时从树上飘零而下，树下黄叶堆积一层，让人不忍踩上去。望着这几棵古老的银杏，我在想是这片土地与环境特别适合她们的生长，才长得如此壮硕吧。

这样的风景要是在繁华地界，不知有多少人来此拍照留影。但在沙河，这里很安静。我们在此盘桓了差不多一个多小时，只见几个女子来此摆姿留影，嬉笑。薄阴的天气里，偶尔阳光从薄云中露出来，光线并不强烈，只是把这银杏的金黄映现得更纯粹了。不远的道路上只是间或有一两辆车驶过。行人也少，村里几户人家闭着门，非常安静，甚至也听不到鸡鸣狗吠。古银杏守着这里的山川人家，秋天里静谧而安详。

古银杏高耸参天，她见证了沙河多少事？她应该不会忘记她南边的下楼房村。这是周家老宅的所在地，一色青砖的院墙与瓦房，没有徽派那种常见的高墙壁立、楼阁有致的风貌。但百多间房舍回廊相接，次第相连，其气派在大别山中属上乘。1947 年的岁末，古银杏见证了一段中国的现代史的画卷。

1947 年 12 月 30 日，邓小平、李先念、李达等走进了这座乾隆时周家建造的房舍，并在此生活了四十七天。我走进老宅，见到房舍里展示着一幅幅刘邓大军挥师大别山的图文介绍。想当年，大军面临的形势相当严峻。红军走后，大别山经过国民党的肃清，少粮也少人。很多群众由于害怕再遭到还乡团的报复，在大军到来后，甚至不敢分地主的土地，部队的生存极为困难。正是在这种特殊情况下，刘邓开始分兵，刘伯承带领一部转向淮西，邓小平率一部坚守山中，做出向南展开的态势，进逼武汉、南京，两军互为犄角。在大别山中能不能站稳脚跟，是邓小平思考的主要问题。一向务实的邓小平，来到下楼房的第一件事，就是向当地干部了解实情。当时中央号召各地要进行土改。但地方干部认为，这里敌情特别严重，如果强制进行土改，不但不能发动群众，还会脱离群众。邓小平听取大家意见，向中央写了报告，详细介绍了大别山土改的情况，建议土地改革应分区域进行，在解放区已经巩固的地方可以搞土改，还未巩固特别是游击区或新解放区不宜搞土改。党中央、毛主席十分重视邓小平的意见，很快复电，同意邓小平关于分区域进行土地改革的意见，并将这个意见通知了其他解放区参照执行。这段辉煌的历史永载史册，小平同志实事求是的精神一以贯之。

1947 年的大年三十，邓小平是在大别山中这座宅子里度过的，地方干部们给指挥部送来了点猪肉，邓小平全给退了回去。他治军严格，烤火的树枝也不准拿群众一根，全部由警卫战士亲自到山上砍，新采的树枝烤起来青烟直冒，他和大家一起吹火。

这些活生生的回忆，让我们心中的敬意油然而生。刘邓大军前线指挥部的设立，也让这座三百多年的老宅有了种肃穆之感。

秋阳洒下来，秋风微微拂过，历史中的回忆与回忆中的历史，要是说哪个季节最合适，还是秋天。一丝苍凉，一丝感悟，只有在这秋天的季节里，才能达到内心与外化环境高度的统一。

城市之秋与乡野之秋风景不一,南国之秋与北方之秋味道也是迥异。大别山的秋天来得静,来得早,自有气象万千。但在沙河,你的静谧与静穆,是一种别样的秋的味道。

苏家埠:激情与梦想的地方

洪荒时代,巍巍大别山北麓千溪万涧,终于汇聚成河。两河从西北来,名为西淠;从东南来,名为东淠。东西淠水出山,在苏家埠这个地方相遇汇合,变成滔滔大河,向着淮河一路奔去。

淠水在苏家埠之上,只能通筏,苏家埠之下,则水深行船。站在淠水之岸,向上望,隐隐青山间,竹筏联排而来,所载大别山之原木、茶叶、茧丝、桐油、木耳、野味等各类山货;向下望,各类行船绵延不绝,大别山中所需之食盐、大米、绸缎、烟草、铁器、洋油等各类生活生产物资在此上岸。苏家埠因码头而成名于天下,徽商、晋商等各类大小商贾云集在此,茶肆会馆店铺林立,少年名旦妖姬歌行,日夜人声鼎沸,天下号称为“小南京”。

苏家埠现已改名为苏埠,无疑是一个繁华之地,一个注定要产生激情与梦想之地。中国现代史上的两次伟大事件就在苏家埠横空出世,其激情的余波就是在今天我们也能感受得到。

1932 年 3 月 22 日夜,月明星稀,春风骀荡。三十一岁的红四方面军总指挥徐向前指挥数万红军,从独山出行,东渡淠河,将苏家埠团团围住，开始了红军历史上著名的苏家埠战役。攻打苏家埠，从军情上看，是想借此拔掉苏维埃边区边上的这颗钉子。国民党军沿淠河东岸布置了以苏家埠为中心的防线，有计划地配合西线部队“围剿”鄂豫皖苏区。打掉苏家埠，等于断敌一指。而从红军的实际情况来看，当时攻打苏家埠也是后勤之急需——两万多人集聚独山，粮食首先就是个大问题。而苏家埠富商云集，仅米行就开有十几家。此外，两千人左右国民党守军的各种枪械装备更是让初创的红军将士日思夜想。当时红军的许多枪械多是土造的不说，甚至连大刀、梭镖都成了作战武器。苏家埠离六安十公里许，其突出之孤军，对红军而言，岂能放过？

2021 年 3 月，当我来到当年苏家埠战役的前线指挥所永慧寺时，只见这个小庙还孤存一间。灰砖青瓦，门楼不高，当年应为小院环绕，前后两进或是三进，有回廊相接的清幽所在，离苏埠老镇不过一公里距离。这里就是徐帅挥斥方遒，挥洒激情与梦想的地方。苏家埠战役打了整整四十八天，徐向前就是在此运筹帷幄，指挥红军围点打援，不仅将从合肥来的近两万名援敌悉数聚歼，还迫使苏家埠守军的两个团整建制投降，这在红军史上绝无仅有，徐帅也一战成名。军史专家后来复盘苏家埠战役，不得不佩服徐向前指挥的精妙与大胆。在围点作战中，他让红军进行了艰苦的土工作业，构成严密包围苏家埠敌人的工事网，既有效地困住了敌人，又保证了其后能够集中尽可能多的机动兵力用于打援。而当国民党皖西“剿共”总指挥厉式鼎率两万兵力从合肥方向气势汹汹地前来增援，红军指挥部出现撤出战斗的声音时，又是徐向前力排众议，坚持打援，他将阻击、诱敌、迂回、直捣心窝的战术组合运用得炉火纯青，一战全歼增援之敌。

徐帅高大的铜像今天还矗立在淠河东岸，他手持望远镜，目光炯炯，遥望远处的莽莽大别山。瞩目铜像，我似乎听到了当年徐帅血管里的突突声响。千军万马从大别山拥来，滔滔的淠河水与红军战士的激情与梦想，一起挥洒在苏家埠这块土地上。

滔滔淠河淘不尽英雄。二十六年后，还是在苏家埠，又一场激情与梦想的战斗拉开帷幕。1958 年 8 月 19 日，淠史杭工程的第一锹土由六安行署专员赵子厚铲下，新中国成立后最大的水利工程就此开工。

当赵子厚铲下第一锹土的时候，作为工程总指挥的他，心中的激情与梦想如淠水奔腾不息。“水在岗上流，船在岭上行”，是赵子厚心中的淠史杭愿景。为了少占百姓的良田，也为了自流灌溉，为未来用水节约人力，他要求淠史杭工程主河道必须从等高线上走。在十多年的时间里，他跑遍了整个灌区的山、河、冈、冲，熟知地势水向，能准确地脱口说出灌区内任何地段的地面高度、河流流量和落差。赵子厚当时的秘书张洪祥后来回忆说：“淠史杭所有的重点工程，所有的总渠、支渠，都不是在办公室定的，都不是在地图上画出来的，而是赵子厚带着工程技术人员，一步一步走着看，徒步跋山涉水，勘测出来的。”

修建淠史杭的艰难，在今天也难以想象。全靠肩抬手挖，一担箩筐、一把铁锹、一副肩膀，硬是在高高的山冈高丘上深挖出一条人间天河。最为艰难的是，工程进行中又正逢三年困难时期，当时上河工的皖西千万农民，一天仅有一斤大米的供应量。

艰苦才能卓绝。十几年的不断奋斗后，淠史杭工程终于完工。这个新中国成立后兴建的全国最大灌区，不仅让一千一百万亩农田受益，也让合肥、六安的市民解决了吃水问题，用上了品质最好的大别山之水。

赵子厚的墓今天就在苏家埠的横排头。这位从山西走出来的老八路把后半生所有的激情与岁月挥洒在皖西，挥洒在治水上。横排头就是他铲下第一锹土的地方，淠水的源头。

淠水滔滔，大别山莽莽。徐帅的铜像与赵子厚的墓相距不及千米。两人同属山西人，虽然年代不同，但都在苏家埠这块土地上挥洒着激情与梦想。我不知这是不是历史的巧合，但每当我凝视他们时，我只知道，他们心中的诗情与梦想相通——那就是为人民造福。红色的血液一直在赓续，他们是中国的脊梁。

皖南秋水记

皖南多山，但给我的印象平平，山形多馒头状的，谈不上雄伟，也称不起秀丽。当然，黄山可能是例外的，我也没去过。可在游了白岳齐云之后，发挥一下想象力，想不过如此吧，多一点奇松、怪石、云海、涧泉而已。我们那里少山，即使有，对一些来自大山里的人来说也不过是大“土包子”。所以我不管路途迢迢地去皖南，目的之一，是想见识见识“真山”。不料印象平平，算是大煞风景的事。虽然如此，我仍是庆幸、喜悦的，这便是我一睹了皖南秋水的风采之故。

清浅的一弯细水，依山婉转而来又曲折而去。水瘦时节的清秋，平而宽的河床袒露着洁白的鹅卵石，秋阳下泛着白光，上面的几处稀稀疏疏的芦荻在轻曳。一两株半红了叶子的树，静立在岸上，不知是枫还是乌桕。不远处的一座独木小桥，尽头连着傍山临水，白墙青瓦的两三人家。一个穿着橘黄色衣服的小女孩站在门前，正端着饭碗。车行至三水附近的这一瞥，便使我钟情上了，魂勾去了一半。我们那里的河滩多沙，可没有这么漂亮、洁净的鹅卵石；

我们那里的河水虽不算浑浊,但绝没有这般靛蓝。至于小桥、流水、人家,不是过去只在诗中读过,在脑中幻想过的一幅图画而已。

所以车到屯溪,我顾不上疲乏,首先想的便是到新安江边去。正是日落薄暮时分,碧悠悠的江水倒映着几缕落霞,染着淡淡的半红半黄的色彩。两个披着秀发的少女,正哗哗地弄着水,洗着红红绿绿的衣服。不远处的一个较大的浅滩边,斜横着一叶扁舟,近旁有几个人正在淘沙。眼光放远,但见水中浅滩点点,似断似连,与一湾碧水齐尽于远处黛色的一带横山。“新安江水碧悠悠,两岸人家散若舟。”口里吟着郁达夫游屯溪时所作的诗,凝望眼前的景,我不禁发了好大一会儿呆。

白岳齐云游了一天,徘徊过真仙洞、玉虚宫、一天门、二天门之类,也攀缘过玉屏、香炉诸峰。可现在寻起印象,却是在五老峰东侧的一汪碧潭前所流连的半小时来得最清晰。

潭不大,水深尺许,一块不规则的青石突兀潭中。潭底历历可见的碎石上,覆着的是潭边几根纤长的半青半黄的秋草的倒影,还有几星绿苔。我掬了一捧,喝入口中,顿觉全身一阵清爽,咂咂嘴,便品出了微微的甘味。潭东壁有一斜着的青石,大半为荆棘所掩遮,上有薄薄的一层鲜绿的苔衣,用手一摸,竟有汩汩细水滑过,仔细一辨,才见着了从上面滑着的幽幽清流。我不禁惊诧感慨,俯视了大半天。

本来为山的招引而去的皖南,去后不料为水所倾倒。玩味玩味,也倒挺有意味的。

黟县记宿

向晚时分，如江和我到达黟县碧阳山庄。山庄地处城南高地，几幢两层建筑，依势而建，错落有致，清秀怜人。远望远山翠微，黟县小城在夕阳余晖下，青瓦白墙，一派宁静。

步入大堂，了无一人。正犯疑际，见一小姐匆匆而来，一脸的歉意。

"有客房吗？"

"有的。"

"带空调吗？"

"是。"

客房被安排在高地二楼。我们沿着石阶一步步走上去时，也不见一人。来到服务台，见整个楼层空空荡荡，喊了声"服务员"，不见应答。半晌，从楼道另一头，才见一中年妇人朝我们走来。

"是住宿吗？"

"是的。"

"哪号房？"

“208。”

“请过来吧。”

我们随着妇人走过去。她不用钥匙，拧一下门把手，门开了。请我们进了房间，她转身“咚咚”地往楼下去。少顷，妇人又折返回来，手里拿了两个水瓶。

“请问，你是这儿的服务员吗？”

“是啊。”妇人笑着说，“不是的话，我在这做什么？噢，有事你们喊我一下。”

客房很旧，几无装饰。墙纸已斑驳杂色。床上铺着现在已不多见的白底蓝条床单，倒也素雅洁净。房间没有电话，一台十四英寸彩电，一个窗式空调，便是所有的现代品了。

“老张，这幢楼好像就住我们两人呢。”

“也难得如此清静，简朴啊。”

洗漱完毕，去餐厅吃了饭出来，已是满天的星斗。满地清辉，树影婆娑，虫声唧唧一片。夜色如水，令人不忍离去。我说：“如江，散散步去。”

路上少见行人，渐入城里，方见少许行人，漫漫而步，很是悠闲的样子。街头喇叭正播着节目，高高的马头墙隔住了昏黄的灯火，电视机里的声音断续飘荡。仔细辨听，在墙脚处，蝈蝈的声音长长短短。

店铺多已关门。在丁字巷口，我见一卖山货特产的小店，便迈了进去。伙计正在看什么闲书，津津有味，见有人来，忙放下招呼，看我们无意购买，便只管看书去。

出了店门，如江说：“这里的人好像都很谨言呢？”

“或许古风吧。李白有诗,‘地多灵草木,人尚古衣冠’,这黟县也是古徽州的诗书之乡啊。”

我们边走边聊,高高低低地一路而去,直到腿乏了,才折回房间。

我躺在床上,久不能眠。房灯全闭了,任月光从窗口泻进来。水一样的月光,水一样的夜色,更不用什么空调了。窗外虫声唧唧、唧唧。我们睡不着,却连话也懒得说。大脑里有所思,也无所思,不知什么时候竟睡去,醒来时东方既白。

小孤山记缘

从彭泽过江到套口已近中午十一点，想赶往宿松县城已到午后，不如趁这段闲暇的时光去游小孤山。

小孤山离码头不过五里许，没有便车也好，就我一个人，自己决定走过去。江干满目的油菜花开得正浓，一片连着一片，毯子似的直铺到小孤山的脚下。从远处看去，小孤山青苍苍地突兀在大江之上。卓然秀姿已将我的魂勾掉一半了。

我就顺着那条早已废弃、掩映在花海之中的江堤向小孤山一步一步悠闲地走过去。脚下的沙土地软软的，春草青青。小鸟清脆的叫声不时传来，是云雀或叫天子什么的。融融的春光下，大江泛着青白色的光向北流去。江边的浅滩上，三五头水牛半卧着，还有一两头牛似在吃草，一派闲适。小孤山离我越来越近，白墙青瓦的精舍层层叠叠，西边的楼阁倒像是悬在半山之上。我后来上了山才知道，那就是藏有唐玄奘西天取回的《大藏经》的"藏经楼"。"山水绝佳处，必有寺与僧。"小孤山为万里长江之绝岛，而山上的香火也绵延一千多年了。

攀登小孤山的路就一条石阶，据说自下而上有365级石阶，过一天门，登先月楼，观圣母殿，看半边塔，再历梳妆亭，便至山顶了。小孤山海拔不过百米，但耸立于浩浩长江之上，无支峰赘阜，令人不得不赞叹自然之造化神奇。山顶春风浩浩，极目楚天，茫茫长江天际中来天际中去。俯瞰山脚，一江春水静静拍打，听不到半点涛声。对岸就是彭泽之逶迤群山，令人不禁试问：孤山你为何倔强而不入流?!

山顶上游人三五个，极显清静。梳妆亭坐北朝南，掩映在翠竹之中。这是后人为纪念小姑而建。传说妈祖云游长江，见小孤山清秀可爱，化为小姑溺水江中，当地渔民詹公捞起，安于山上，此后威灵显应，香火不绝。梳妆亭即为妈祖而建。妈祖为海神，为何奉于江上？我有疑窦，但看界潮祠一副楹联，便释消了。联云："潮回海眼涛声止，柱砥江心浩气孤。"原来小孤山被认为是海潮沿江上溯至此的最后界线了。小孤山的妈祖庙，大约是内陆上唯一一座妈祖庙吧。

上山下山，走走停停，再返回半山腰启秀寺时已是正午时分。启秀寺为唐高僧马道一所创，千余年来，虽经兵火，但保存完好。在小孤山这样一个地方，建寺修炼，悟道成佛，实在是个好主意。见江水潮涨潮落，享清风与明月，接孤山高洁之气，察天地万物荣枯盛衰之变，数年下来，就是不成佛，也该悟道了。在启秀寺前观月台上，我就这样怔怔地想着。不料走出一个僧人，径直问我，可吃过午饭？我如实相告。僧人说："客人若愿，请用斋吧。"于是他引我入伙房，安排妥当后，念一声"阿弥陀佛"而去。

禅宗说悟，佛道倡缘。想我此番出行，无游小孤山之意，而竟也游了;更未料在山上吃斋,而却餐了。如此行迹,难道此生就与小孤山有这样的缘分吗?这样想着,我不知不觉走下山来。

游小孤山是阳历三月的最后一天,岁在庚辰年农历二月二十六。

第五辑　书评影评

《白夜》：一幅现代市井图

在《废都》带来纷纷扬扬之后，贾平凹沉静了下去。两年后的今天，当小说《白夜》又奉献于读者面前时，无论当初骂之者还是称之者，我想，都不得不默然而诵，拍案惊奇了。

《白夜》的笔触相当深广。贩夫走卒、梨园弟子、文人雅士、高官名流、闲汉、模特、贩夫、经理……差不多对当代市井生活中的众生相都做了精当的刻画，将这部小说看成当代的市井图，并不过分。然而更深刻之处在于，贾平凹借此展示了当代市民心灵深处的精神激荡。一切都在变化，落花流水，无可奈何。可是已逝的一切、打碎的一切就不值得怀恋吗？精神的家园正在失落，而外表灿然的金钱与物质又给我们带来了什么？灵与肉、情与理、精神与物质的内在激烈冲突与平凡的、毫无波澜的生活琐事的描述构成了作品的极度张力，《白夜》形而上的哲学意蕴与外冷内热的美学价值由此得到丰满的呈现。

夜郎是《白夜》里的主要叙述对象。他是一个浪迹于都市的闲汉，没有固定职业，仅在剧团里演个小丑打杂。外表上他有流氓气息，内里又常悲天悯人，身无余钱，却古道热肠；借居陋室，又还心高眼远；聪明强干、自卑自傲、多愁善感。就是这样一个夜郎，在当今都市变化着的生活和生活的变化中，经历着灵魂的一次次激荡。夜郎为剧团出汗出力，最终却看到剧团被有权有势者整垮；夜郎为朋友吴清朴开店忙上忙下，然而却看到朋友人财两亡；夜郎最敬重憨厚的宽哥，而宽哥却被人家穿了小鞋；夜郎深爱着清韵雅洁、行止见识均高出常人的虞白，可他又实在抵挡不住时装模特颜铭的美艳；夜郎成了家，又自己毁了家。夜郎啊夜郎，夜郎真如他所饰演的鸟鬼精卫一样，变得非人非鸟了，夜郎的灵魂被撕碎了。

贾平凹对金钱物质的冲击所带来的全部古老伦理道德的崩溃和沦丧一直怀有天生的敌意，对我们当代的人生及社会常抱着悲天悯人般的情怀。在《白夜》里，我们可以隐约窥见作家内心深处灵魂的感伤与震颤。

“以中国传统的美的表现方法，真实地表达现代中国人的生活情绪”，“花力气在中国古典艺术中寻找那些与西方现代派文学相通相似的方法，从而探索出一条最能表现当今中国人的生活和情绪的道路。”十几年前，贾平凹就给自己的艺术追求选定了道路，而今天，他终于以自己一步步的坚实的脚印，走到了一个高峰。如果说在《废都》中，我们从选材到情节、细节的设置中还可以看到明显的模仿《金瓶梅》的痕迹，那么到了《白夜》，这些艺术上的借鉴已是了无痕迹了，虽说《白夜》在骨子里还流淌着《金瓶梅》《红楼梦》的艺术精髓。在虞白这个人物形象的塑造上（很有点林妹妹味），在全篇琐碎的波澜不惊的市井生活描绘上，细心人

可以看出《白夜》与《红楼梦》之间脉象的关联和相承。单纯、朴素、自然、真切，贾平凹所追求的中国气派在《白夜》中的确得到了鲜明的表现。而这中国气派又与现代文学中的艺术手法有机地结合在一起，使整个作品变得浑朴、厚重，又极富现代感，大拙而大雅。

《白夜》中穿插了不少目连戏的内容。目连戏中人鬼不分、历史现实不分、演员观众不分、场内场外不分这一古老的艺术表演形式，贾平凹借来作为对当代市井生活的一种隐喻、象征，实在是再好不过。而隐喻、暗示、象征、魔幻这些手法正是现代派文学艺术最重要的表现手段。《白夜》中再生人的出现及自焚，他遗留的钥匙和弹奏的"平平仄仄平平仄，仄仄平平仄仄平"的旋律，还有民俗馆里库老太太的神秘、神奇的作品，深蕴的象征意味，充满魔幻色彩。

绿纱窗下，捧一本《白夜》，读到大有深意处，你不免感慨击节道："好个鬼才贾平凹！"

海滩 渔网 太阳

——电影《海滩》观后

“乱七八糟的，难看懂。”电影散场时，我听到有人这样抱怨。“比外国片还外国片。”广告牌上的几句简短介绍中也有这么一句。对长期习惯欣赏情节的、不能很好领会电影画面中象征寓意的观众来说，这部电影确实有点晦涩。

时空的大幅度转换，斩断了脉络可寻的戏剧故事情节，以表现人物内心微妙情绪为主的画面替代了展示人物性格的理性蒙太奇，电影表现形式本身也直接成了表现思想、情绪的手段，这便是现代电影的特点。它标志着电影艺术摆脱了传统的戏剧化，走上了自己的艺术发展道路。《温柔的怜悯》《兆治的酒馆》《似水流年》《黄土地》《海难》等这些新近上映的国内外影片均是这样。

《海滩》我看了两遍，她自身的魅力为吸引我的主要因素，然而，看完第一遍后，对某些画面的象征寓意没有理会，这也是促使我再睹的因素。这部电影有些画面的象征寓意是浅显易解的。比如，许彦行使正当的法律权利而不明不白地遭到压制后，画面上反复出现了电风扇和印有复杂的旋涡状图案的墙纸的特写正

暗示了他当时百思不解、意绪纷纷的心境。又如，丑金根采用暴力手段将菊花拖进屋内，插上门后，画面上出现了一个惨淡的月亮，象征着菊花被无情凌辱。有些画面的象征寓意则是朦胧的，但把握住现代电影的内心写实主义重在表达情绪的特点后，也不难理解。比如订婚的画面，色彩处理得很模糊，似有一层烟雾笼着。暗红的基调给人一种沉重、压抑感，这正是小妹、菊花此时内心情绪的表达。菊花对丑金根，陆小妹对表兄，没有爱情可言，幼如的配偶也不是她深爱着的许彦。可传统的习俗、古旧的风习、沉重的现实人生，把他们捏到了一起，荒谬、愚昧而又合情合理。

法律的肆意践踏，人性的扭曲、摧残，“左”的观念与传统的封建意识融合在一起，顽固地抵御着文明的冲击，愚昧与文明激烈地冲突着。落后而古老的中国向着文明迈进的步履是如此沉重、艰难。

太阳出现了，还没有升起。古老的箫吹出的音乐舒缓、沉重，意在提醒我们以历史的、现实的哲学思考。近年来，我国的文学创作从对极“左”的社会政治批判转入了对民族文化的深沉思考。《海滩》正是这样的作品。

红高粱啊红高粱

——电影《红高粱》主题随想

1

这里是百十亩地的红高粱，它们无人收种，自生自灭，然而这片红高粱啊，却生长得茂盛繁密，生机勃勃。就是在这片红高粱里，我爷爷和我奶奶表演了他们爱和恨的故事，演奏了他们生和死的乐章，热烈而又悲壮。这片红高粱，难道你不是我爷爷、我奶奶他们精灵的化身?!

2

也许你批评说他们太粗陋了，然而他们是多么质朴、真率，敢爱敢恨，大爱大恨，无所顾忌。虽然活得短暂，然而活得轻松、活得愉快、活得耀眼，生命力在他们身上真正地呈现出来。他们能体验出生命的真正含义，生活得有滋有味。

3

“糊涂的人一生枯燥无味，躁动不安，却将全部希望寄托于来世。”一位古罗马的哲人这样告诫我们。我们得承认：我们生活得太沉重，我们的顾忌太多，我们不知生活的乐趣，让生命在无感觉中逝去。这值得大悲哀。我们在悲哀中呐喊、呼唤：红高粱啊红高粱！老谋子没变。

从《一个都不能少》谈张艺谋影片的主题变奏

张艺谋是从电影《红高粱》里走出来的，这部极富诗意、充满激情的片子与现在的这部客观而冷静的《一个都不能少》比较起来，表面上看似乎就是浓茶烈酒与白开水般的不同。然而当我们深究其思想内涵与美学意蕴时，我们会慢慢品味出：老谋子没变。

张艺谋之所以是张艺谋，区别于其他导演，在于两点。其一，从艺术角度上讲，张艺谋对电影语言有其独特的把握与自觉的追求。他所导演的片子，不仅画面刻意求工，就连人物的语言、服饰及背景音乐也都精心设计安排。电影《红高粱》中的画面之美，《一个都不能少》中对故事背景及人物的刻意选择等都可窥其艺术匠心。正如作家须自觉地追求语言艺术一样，张艺谋对电影语言的刻意求工及熟稔把握使他卓立于同代导演。其二，从影片所开掘的主题上看，张艺谋导演的片子基本上是两个主题的不断变奏，一个是人性主题的开掘，一个是对当代人生存状态的深刻揭示，后者则是张艺谋一直关注的主旋律。我们甚至可以说，张艺谋影片中演绎的一切故事都是为了深刻地揭示出我们当代人从物质到精神方面，尤其是在精神上的种种缺憾与不足。正是因为如此，张艺谋的电影故事情节都很简单，他的着眼点在那些简单的故事背后的含义，以及这样的含义对我们当代人的警醒。《红高粱》中，通过我爷爷、我奶奶的故事，主要表达出那种敢爱敢恨，爱得热烈、恨得壮烈的精神存在。这样的故事难道不让那些窝窝囊囊一辈子，无所爱也无所恨的后代感到汗颜吗？《秋菊打官司》一方面揭示了秋菊的道德观在法律面前的迷惘，另一方面充分展示出山姑秋菊的“韧”性。秋菊仅为“讨一个说法”的不懈努力，难道不是一种对那些遇着窝火事也抱着“阿Q精神”的反讽？

《一个都不能少》的故事情节的确平淡，张艺谋之所以选择这样一个故事来精心制作，是因为他用犀利的眼光透视出了故事背后的含义。《一个都不能少》绝不是仅仅单纯地展示当今贫困山区的穷困生存状态，它还借魏敏芝这个才十三岁的山村少女的一诺千金的表现，表达出对将承诺视为戏言与玩笑的现状的反讽。当商业化气息逐步弥漫整个社会的时候，我们看到古老的道德体系几乎崩塌了，洪水冲刷了泥沙，也带走了金子。当下社会，我们面对一个十三岁的山区女孩执着践诺的行为，心无内疚吗？这正是张艺谋所关注的，也是他要让世人警醒的东西。

所以“一个都不能少”，与其说是承诺必须践言，还不如说是张艺谋对一诺千金所代表的传统价值观在当下转型期社会中也应一个都不能少的深深呼唤。正是从这个意义上讲，《一个都不能少》的主题开掘与张艺谋以前电影所要表达的主题一脉相承。老谋子没变。

了然于胸一竿竹

生长于古徽州这方热土是方增威一生的幸运。没有故土秀美的青山绿水，没有弥漫的文化氛围，没有朝夕相伴、满山遍野那摇曳多姿的青青翠竹，很难想象方增威会如醉如痴地涂竹抹笋至今。成功的一切，似乎都含有造化的因子，方增威娓娓叙述他的从艺历程，对故乡的山水人物一往情深。

古今画竹者多，而卓然成大家者屈指可数。宋文同，元李衎、柯九思，清郑板桥，这些画竹大家，方增威都曾潜心研习过，然终觉技“输”一筹。苦闷之余，他又回到了故土那漫山遍野的竹林中，静静地观察，细细地默想，晨昏雨露、雾雪风霜，凡三十年光阴，可以说方增威现在于画竹已有悟功了。

古今画之大家者，必经三境：法古人，师自然，出自己。然终法古人，难除匠气；不师自然，无采灵气；出自己，才九转丹成，为大家气象。我问老方何时能自成一家，列于画竹大家之林。他默然肃容，缓缓说，过二十年再答。

实际上，行家里手已看出方增威近年之作已显现出清隽秀逸的个性了。画坛耆宿谢稚柳先生亲自为方增威画集题名,上海国画院方增先称其号曰“黄山一枝竹”,远在澳洲的《汉声》杂志称方增威为“新安画派又一新人”。

轻描淡写见真情

——评祝凤鸣的诗作

人有时也会给自己闹一点玩笑的，事后想想，不免感到滑稽。如当初未见着祝凤鸣时，我把他看成一个纯真娴静的女孩，又继之以拘谨文弱的书生形象。不过，这也全非怪我。祝凤鸣的习作，无论是诗是文，倒真带点女孩子及文弱书生的气，有那么点依依绵绵的“柔”，虽说是淡淡的。现在，推想这“柔”的原因，我想，其一大约是祝凤鸣长在南方之故吧。南地多柔风细雨，春花秋月。温润的气候、青秀的山川，让南方人不仅被雕塑得清秀伶俐，也使得文学染上了一种柔美清新的色调，这是自古而然的。另外一点，我想是祝凤鸣多写儿时之事、惜别之情的缘故。如《叶，绿色的思念》《雪》《你到远方去》等作品，写的多是美好的回忆，依依的惜别。柔情丝丝，本是情理中事。即如王勃的“无为在歧路，儿女共沾巾”两句，看上去似乎是丈夫的旷达气，骨子里仍不过是儿女的缠绵情。何况回忆、惜别的是美好、纯真的童年，是朝夕相依的伙伴。

然而，说实在的，这轻描淡写的“柔”，我有点喜爱，因为它纯真，绝不带半点的矫揉造作。我向来以为应因情而为文，不带感情的文

高梁酒

章如何能感动读者？无论是叙事还是描写，祝凤鸣都是那么轻轻的几笔，决不浓墨重彩，似乎在说这些，然而又没有说下去，就这么淡淡的，然而隽永的韵味便出来了。

一日，一个偶然的机会，我与祝凤鸣遇着了。看他亮亮的眼睛，高高的个子，无拘束地敞着上衣且侃侃而谈的风度，想着自己以前心目中对他的印象，着实感到可笑极了。我们谈了几次，交流着心得。我的以上对他的创作的一点浅见也是和盘托出、不以为羞的。当然，无例外地，我把对他的创作的一点意见也直接说出来了。比如我说他的习作题材太狭窄了，总是一些回忆童年之作，是不好的。人生总不能避离现实。另外我还说他在谋篇布局上有雕琢之迹，似乎散不开。不过这对初学写作的祝凤鸣来说，也许太苛刻了。祝凤鸣即将毕业，走上人生的大舞台，在将来不断的实践中，我相信这些缺点肯定是可以克服的。

祝凤鸣的抒情诗写得很有意境，读起来韵味悠长，如《桥上印象》。他的散文中也有不少诗化的句子，言浅而意深。这里不一一列举了。所谓“仁者见仁，智者见智”吧，我的以上这点愚见以为是的或不以为是的，我想，都不妨来读读祝凤鸣的作品再说。

清丽直率见真情

——读张爱玲的散文

“忽如一夜春风来，千树万树梨花开。”以这两句诗来形容张爱玲当年在上海滩横空出世、文思如泉涌的创作态势实在是恰如其分的。1943年至1944年，张爱玲在创作大量优秀小说的同时，又写出了一系列散文，后结集为《流言》出版。它与小说集《传奇》共同奠定了张爱玲在现代中国文学史上的一席地位。

不过，张爱玲对自己散文的偏爱似略逊于对小说的钟情，对散文这种文学体裁的评价也不同于一般。她说，在散文里，作者对熟人朋友的态度，总还保持一定的距离，不如小说那样，可以不尊重隐私权(《〈惘然记〉序》)。这句话的潜台词，实际上是说作者的自我形象在散文里远不如在小说中显得真切。此种见识倒是不能让人苟同。

20世纪40年代初，张爱玲在上海滩一夜成名时，不过二十二岁，像一朵鲜花绽放第一片花瓣就尽情地怒放那样，张爱玲毫不掩饰地显现着自己。她甚至于公然地宣称：“呵，出名要趁早呀！来得太晚的话，快乐也不那么痛快。”(《〈传奇〉再版序》)一个初出茅庐的年轻女子，在一个把克己、谦虚视作美德的传统国家，这样肆无忌言、直率坦诚，着实令人吃惊得瞪大眼睛。然而这就是张爱玲，毫无造作、敢说敢为的张爱玲！你看她，与最好的女友炎樱一起去逛商店，吃奶油蛋糕、冰激凌，临别没零钱坐车，借了炎樱二百元，便一路上算着炎樱应付八十五元，自己还她一百五十元就足够了（《双声》）；你看她，将为尊者讳、为亲者讳的古训丢到脑外，对十六岁时一次被父亲毒打、体罚耿耿于怀，毫不讳言地表达了自己对生父的憎恶（《私语》）。穿样式别致、颜色鲜艳的服装，吃软的易消化的特色小吃，爱热热闹闹，也常沉默少言，一边津津有味地享受着生活的各种小欢乐，一边又不时地沉浸在对整个人生的迷惘之中。这就是率真而坦荡的张爱玲！

五四以降，新时期散文所提倡的一个重要的美学标准就是“个性”，也就是说要有“真实的自我”的色彩，不是板着面孔，子云诗曰，满口假道学。我们读鲁迅、周作人、郁达夫等现代诸子散文，不论其是犀利、淡远，还是清丽雅致，风格可以纷呈，但在展示“自我”这一点上，精神脉象如出一辙。读张爱玲的散文，说她在这一点上继承发扬了五四现代散文的宝贵传统，一点也不夸张。

张爱玲生于诗书簪缨之家，十二岁就熟读《红楼梦》。她对语言文字的天生敏感，于传统美学的长期浸润，使她的语言从一开始就显现出那种“绚烂之极归于平淡”的大家风范。

感情的真诚、语言的精美，构成了张爱玲散文艺术中最显著的特色。然而，张爱玲的散文并不是白璧无瑕。张爱玲散文在结构上有时不免芜蔓，成名后的清狂与交稿的仓促大约是其原因吧。

以乐写哀，倍增其痛

——谈电影《人生》中巧珍出嫁的场面

人到极度悲哀时，不是哭而是笑；到极端欢乐时，又不是笑而是哭。但这“笑”“哭”比“哭”“笑”所表达的哀痛、欢快之情更强烈，更富有感染性。所以生离死别时，强颜欢笑，更欲断肝肠。独具匠心的诗人、文学家由此得到启发，在表现极度欢快时，从哀处着笔，杜甫“剑外忽闻收蓟北，初闻涕泪满衣裳”便是一例。而在描述悲恸时，她却又从“喜”处下手。《红楼梦》中，林妹妹玉魂将逝，潇湘馆内唯紫鹃在场，何等凄清！然这时正是宝玉手舞足蹈、欢天喜地、洞房花烛的良辰。这种手法都是艺术上常用的“以乐写哀，以哀写乐”的手法，其作用以王夫之的话来说便是“倍增其哀乐”（《姜斋诗话》卷上）。这手法的成功运用可以追溯到两千多年以前了。《诗经·小雅·采薇》就有“昔我往矣，杨柳依依，今我来思，雨雪霏霏”之句，艺术手法虽古老，其艺术青春却常葆，美学魅力也依旧。电影《人生》中，巧珍婚嫁一场戏的成功处理，便是这种手法的传承证明。

这场戏从画面到音响全都着力渲染“喜”的气氛。且看那满

堂宾客，喝酒吃菜，欢声笑语；那玩童痴儿的雀跃乱窜；那笑逐颜开的送亲队列，弥漫的爆竹硝烟，热烈的锣鼓、唢呐声……从视觉、听觉各方面给观众诉诸以欢乐、喜庆的情调。然而观众心里所感受到的却是哀痛，不是笑而是哭，不是舒畅而是抑郁，不是兴奋而是冷静、严肃，从而收到了编导所追求的艺术效果。

巧珍所追求的爱情不是画面上所显示的一切，不是足以炫耀的盛大场面、众多嫁妆。她奉献出“金子”般的心，所追求的是与高加林的结合，而不是与马栓的匹配。结果得到的是她所鄙视的，失去的却是她所追求的。要表现这哀痛，要显示出其悲剧的意义，仅靠正面渲染，力度是不够的。尽管前面出现的巧珍默然地，几乎是机械似的一下一下打着连枷的镜头，已起到了叩击观众的心扉，催人泪下的效果。但要把巧珍的绝望之情完全地宣泄出来，展示其深刻的悲剧意义，还得借助另外的表现手法。所以编导安排了这场戏，且充分运用电影艺术的特点，尽情地加以渲染。值得一提的是，导演多次叠印了吹唢呐的镜头，特别是一个老汉吹唢呐的特写镜头，是很富有意味的。那张陌生的脸，那朝天的唢呐，那激越的唢呐声把全剧推到了高潮。如果说在此之前，观众还停留在对巧珍的深深同情的情感状态中，那么到这里并代之以历史的、哲学的理性思考了。这也正是《人生》所要揭示的意义，是焦点所在。

再读《宽容》

1925年，房龙首次出版他的《宽容》时，曾满怀憧憬、理想，然而时隔不过十五年，到1940年这本书再版时，他却变得相当忧伤、悲观。他不明白为什么“社会刚开始摆脱宗教的不宽容，又得忍受更为痛苦的种族不宽容、社会不宽容及许多不足挂齿的不宽容”。

1940年，正是法西斯大肆猖獗之际，目睹生灵涂炭、血雨腥风，怀抱人文主义理想的房龙陷入迷惘之中，也是情理中事。现实撕碎旧梦，然也促人清醒。房龙在此时出版他的旧作，实际上是对法西斯主义压制一切进步思想的痛斥，也是实践他“为将来做些细致的工作，养精蓄锐，以便迎来开始进行重建工作的那一天”的号召。所以房龙虽悲观，但不失望，其理想主义者风采依旧。

房龙，这位生于鹿特丹的荷兰裔美国人，一生干过教师、编辑、记者这些行当。他多才多艺，尤酷爱史学，善于用极其轻巧、俏皮的文字来撰写历史著作，享誉整个20世纪二三十年代。在

《宽容》这部书中，房龙以他惯用的文学笔调，对从古希腊始的西方思想史历程做了一个简明的梳理，让所有的读者了解到：我们人类曾经有过的偏执、狭隘、愚昧是多么可怕。为此从历史的经验出发，房龙大声疾呼自由的思想，赞美对异见的宽容。

《宽容》首部中文译本在我国出版时，当时的社科界为此热闹了一番，评述纷纭。其实，对中国人而言，过去几千年的封建专制，很难容忍民主思想的存在。翻翻历史书，党同伐异，杀戮、囚禁、放逐之类的事比比皆是。清朝大兴文字狱，搞钦定《四库全书》，更是将压制思想发展到登峰造极的地步。就一般民众而言，他们也缺乏一种宽容的态度。阿Q式的城里的一切都不及未庄的好的心理，相当普遍。所以鲁迅曾为此感叹道："我独不解中国人何以于旧状况那么心平气和，于较新的机运就这么疾首蹙额；于已成之局那么委曲求全，于初兴之事就这么求全责备？"（《华盖集·这个与那个》）

房龙1946年去世，至今已将近五十年。在经历了十年浩劫的痛苦灾难后，我们重读《宽容》，自会感触良深。"历史谨慎地揭示了自己的秘密，已经给我们上了伟大的一课。"斯人已逝，而斯言在耳。

第六辑　评论与杂议

不能承受之爱

孩子有父母之爱，是幸福的。然而，当父母之爱给予得太多太多，甚而至于畸形、变态时，那么，孩子就会因此痛苦而难以承受了。

据报道："现如今城市家长陪孩子上各种业余特长班的越来越多，最多的一个小学生一周居然要上6个班——书法、绘画、国际象棋、钢琴、作文和英语。"（见《中国青年报》）试想，一个年幼的孩子，承受如此重负，肯定是痛苦的。而在父母看来，这一切都是以爱的名义，为了孩子的将来着想。

在中国，大凡一为父母，便把所有的希望、梦想都寄托在孩子身上，而且，自己的人生失意越多，对孩子的期望值越大，要求也就越高。这实在是一种近乎变态的心理。而对孩子而言，此种心理势必给他们造成沉重的精神压力，最终会将孩子那脆弱的身心击垮而酿成悲剧。现在中学生逃学现象较严重，其原因固然复杂，但与父母给他们造成的巨大的精神压力，实有着密不可分的关系。天津教育科学研究院的调查也显示：60.4%的学生认为父母与自己的主要矛盾是“父母对我的期望值过高”。可见,过分沉重的父母之爱,往往令子女不能承受。

现在的儿童,物质上的享乐自然非昔日可比,然而,他们就真的快乐,称得上金色的童年吗?儿童的天性本该是嬉戏的,在嬉戏中构筑他的认知图式,寓教于乐,在嬉戏中健全自己的身心,为以后的进一步发展奠定坚实的基础。如背离此,则违反自然之道,必产生不良的后果。

孩子是民族的未来,也是父母血脉的延续。现在,应该是将他们从重负下解脱出来的时候了。还是一句老话:救救孩子!

道德建设从我做起

不久前，我听到这样一件事。我省的一个代表团到德国参观考察，有一天要乘大巴赶到某地，车行 4 个小时后，天已黑，但司机坚持按规章把车停下来休息半小时。代表团成员提出多给司机小费，请他尽快赶路，但这位司机拒绝了，理由是给他再多的小费，他也不能把职业道德准则抛在脑后。这件事让所有的代表团成员感慨不已。

写出这件事，并没有说外国的月亮比中国圆的意思。只是说，这位司机的道德自律精神，确实有值得我们学习的地方。公民道德建设现在正进行大张旗鼓的宣传，其最主要之处，我们要提倡从我做起。

从我做起，在社会公德方面，我们要努力成为一个好公民，要文明礼貌、助人为乐、爱护公物、保护环境、遵纪守法；从我做起，我们要大力倡导和实践以爱岗敬业、诚实守信、办事公道、服务群众、奉献社会为主要内容的职业道德；从我做起，我们要做尊老爱幼、夫妻和睦、男女平等、勤俭持家、团结邻里等家庭美德方面的模范。

社会是由个体组成的,全民族素质的提高依赖于我们每个人个体综合素质的提高。让我们从我做起,为公民道德建设贡献自己的一份力量。

黄山人文景观开发是篇大文章

据世界两大国际旅游组织预言，中国将是下个世纪初最大的旅游市场。而黄山以旅游业为龙头的发展构想无疑契合这一发展机遇。但一个需要正视的事实是：目前黄山的旅游开发基本上是围绕黄山本身秀美独绝的自然景观进行的，至于山下丰富灿烂的人文景观这一面，仍然缺乏全面有效的开发利用。有关专家指出，黄山大旅游的开发利用，应包括山上自然景观和山下人文景观这两大块，以使之产生珠联璧合的效果。因此，黄山人文景观的开发是篇大文章。

黄山市现行的行政区划范围是古徽州府的主要区域，由于历史上受战乱破坏轻，加之地理、气候条件的相对优越，大量的古文化遗产得以保存。黄山市现存的人文景观无论数量还是质量，在国内都是出类拔萃的，尤其沿慈张线歙县岩寺—屯溪—休宁两翼，人文景观星罗棋布。古街道、古村落、古工程、古牌坊、祠堂、古塔、古寺及历代名人的遗踪旧迹、故居墓葬，点线相连，集中而又保存相对完好，是进行旅游开发的绝佳区域。这里有已声名在外的许国石坊、棠樾牌坊群、屯溪老街、齐云山道教遗踪等;有渔梁古坝,古斗山街,古太平桥,许村、呈坎、潜口等古建筑、古村落;有太白楼,新安碑园,汪采白墓,黄宾虹故居,陶行知纪念馆,戴震、程大位故居等一大批历史文化人物的遗踪、故居、墓葬;除此之外,这里还有不少鲜为人知但又极具旅游开发价值的古代人文景观。

如此丰富灿烂的人文景观完全可以借此做出一篇富丽堂皇的旅游业大文章。为此,首先应把黄山旅游开发当成一个整体来对待,在加大黄山本身自然景观开发利用的同时,把眼光投向山下丰富灿烂的人文景观这一面,使山上山下的旅游开发各呈特色又共同形成一个大旅游格局。黄山目前旅游上最感头痛的问题:一是留不住客,二是淡旺季区别太大。所谓留不住客,是指绝大多数游客下山后即走,使得旅游业的综合经济效益难以全部实现。1994 年,上黄山的游客为 80 万人左右,如有 30%的人能在下山后再多留几日游览、参观,由此产生的经济效益就非常可观,如果山下的众多人文景观能得到全面的开发、利用,上述两个难题将会迎刃而解。

其次,应加大投资力度。旅游业投资的特点是一本万利,但前期投入大。就黄山人文景观的开发利用来说,目前投资的重点是景点间道路的修整、景观本身的修缮、保护及其周围环境的整治,这当然得花一大笔钱,但这笔投资是可以获取丰厚回报的,歙县棠樾牌坊群的开发利用很能说明这一点。从 1991 年至 1994 年,歙县旅游局及有关各方共集资 200 万元对棠樾牌坊群及附属设施进行开发利用,而这 4 年里,牌坊群仅门票收入已近 100 万元，今年门票收入则可达 70 万元。这样一个高回报率的投资是其他产业难以望其项背的。由此看来，若将沿慈张线两翼的众多人文景观，从黄山大旅游的角度将各点统一起来考虑，打破行政区划，集中资金，有计划、有重点、有步骤地开发、利用，完全可以收到事半功倍之效。

宣传工作同样不可忽视。黄山现在几个知名的人文景观，最初都得益于影视的拍摄宣传。屯溪老街、棠樾牌坊群、西递古民居，因拍摄《小花》《小街》《菊豆》《春月》等影视片而声名远播。但传播力度还不够，我在采访中恰遇浙江国旅的两位导游，同他们谈及黄山的一些人文景观，他们不是茫然不知，就是知之甚少。这从正反两方面都说明了宣传对旅游业来说是何等重要。黄山现在的诸多人文景观还鲜为人知，一定要加大宣传力度。

“把黄山的牌子打出去。”十几年前，一位伟人独具慧眼，给我们指明了黄山的发展道路。经过这十几年的开发、发展，黄山秀绝天下的自然风光已经声名远扬。而今天，黄山独步天下、丰富灿烂的人文景观也该让人们一睹其风采了。这篇大文章须上上下下共同努力来完成。

女性们再解放一次

撇开外国的不谈，咱们中国的妇女解放运动，将近百年之期了。从五四的一声呐喊到今天，我们自然都欣喜地看到：中国的妇女解放运动成就的确不小，女性们的人身权利、政治权利、经济权利都获得了很大改善，并且有相当一部分女性，这三大权利已基本获得。那么，对她们而言，是否可以说，已算彻底解放了呢？我的回答是：不！

如果说，妇女们的人身权利、政治权利、经济权利的获得是第一次解放的话，那么，这第二次解放则应是妇女们精神上或心理上的解放。第一次解放是浅层次的、表象的，这第二次解放才是根本的、实质性的解放，是完全、彻底、真正意义上的解放。

过去，在长期以男性为中心的社会中，男性们不仅完全剥夺了女性们诸如人身权、政治权、经济权这些权利，也从心理上彻底摧垮了或者说剥夺了女性们的独立自主意识，并且还不无用心地编造神话说：上帝用泥土造了一个男人，又用男人的肋骨造了个女人，试图借上帝之名，使女性的附属地位永远地神圣、合法化。

而长此以往,女性们自己也自觉地从心理上或者说精神的深处认同了这点,自愿地将自己放在一个永远的依附者的地位上。“男人是树,女人是藤”“你是港湾,我是船”“干得好不如嫁得好”等等,无不反映着女性自甘配角的精神或心理,而且此种心理非常之普遍。一则调查表明:几乎所有的女性在择偶时,都要选择在各方面优于自己的男性,郎才女貌仍是一般的择偶规则,否则,女性即发生心理不平衡,哀哀怨怨,叹自己多情薄命。无独有偶,在《北京青年报》举办的“干得好不如嫁得好?”的讨论中,四位女性中的三位竟作了肯定回答。“嫁得好”自然是指嫁给有权势、金钱、地位的男性,有位女性还比喻说:嫁得好的像化肥,见效快,来得易。而对已婚的女性,我们注意到,扮演相夫教子、贤妻良母式的角色,仍是大多数女性的自觉自愿。当然,能嫁个好丈夫,婚后相夫教子,做贤妻良母,这本身没什么错,但若以依附者的心理,以此为女性的唯一幸福,则不免是女性的悲哀了。

所以,在今天,女性们要获得真正意义上的男女平等,必须进行再一次的解放,必须自己起来砸碎自己心灵上的枷锁,从依附的心理阴影中走出来,如此,方能获得真正意义上的妇女解放!

《爪泥与心香》后记

2022年12月20日,我基本上把自己的旧作——各类散文作品找出来,做了基本的校对与整理归类。从开始做这项工作至现在,差不多有一个月的时间。11月份,我办了退休手续。想到自己从1982年考上大学中文系,就与文字打交道,也算有大半辈子的光景。这大半辈子的光景,读文与写文,到这退休的年龄,也该有个小小的总结,于是想把这些写作的部分小东西整理起来,算是一个总结。

我做学生时,就尝试写作,也没有什么做作家的大志,但毕竟学文,偶尔涂鸦,内心所喜,也就剪贴下来,其后,也没断过这个习惯。1993年底,我调到报社当编辑记者,更是天天与文字打交道,一晃从业下来竟是几十年的时间,人生的大半辈子。"人生到处知何似,应似飞鸿踏雪泥。泥上偶然留指爪,鸿飞那复计东西。"东坡的这首诗,说尽了人世的沧桑与无奈。我想我的这些小小的涂鸦,也是人生的一点点爪泥吧,所记所思能看出部分的人生轨迹来。散文毕竟也是书写自己的内心的感受与片段感觉的,所以说她是一瓣心香不为过。综之，我就想把这本小册子定名为《爪泥与心香》。

中国文学的传统，实际上就是诗文的传统。几千年中国的文学史，从上古到今，构成了中国文化的主脉。中国语言文字所表达的丰富意旨，可能没有哪个语言能及。言简意丰，不著一字，尽得风流，这是中国语言文字的最高境界。从散文史发展上来看，先秦诸子百家，无论是庄子的汪洋恣肆，还是韩非子的说理雄辩，抑或老子的简约、孔子的隽永等，都开创了中国后来各类散文的滥觞。司马迁作《史记》，采用最多的是春秋笔法，寓褒贬于选材与叙事之中。到魏晋《世说新语》，其散淡简约中有《论语》的影子。唐宋八大家提出明确复古主张，强调文为时而作，不卖弄辞藻，就是要继承先秦诸子的文学主张。而到明清性灵小品，写生活琐事，更写心灵之境。张岱的《湖心亭看雪》与其说在叙事，不如说是借景书写出自己孤寂而又独善其身的喜悦之情。这些在《论语》中，在魏晋的《世说新语》中都可以找到脉迹的承袭。学习中文，品读名作，把握中国文学发展变化的一丝脉象，这种喜悦，正是读书的乐趣。

在大学里，我用功读书最多的倒还不是丰富灿烂的古代文学，而是现代文学中诸子散文。从鲁迅、周作人、郁达夫，到老舍、萧红、孙犁，28家现代诸子散文算是都认真阅读过。这样读下来，以前中学里把杨朔类的散文奉为神坛而膜拜的思维轰然倒塌。我自己的习作里，不知不觉也就有新的范本。我在大二时给校报的第一篇投稿《乡野的秋》，就明显有模仿《故都的秋》的痕迹。鲁迅表达感情的深沉与内敛、文字的简约，周作人为文的晓白与平和，郁达夫为文的汪洋恣肆，都对我的写作产生了潜移默化的影响。这本小册子中的《淠水谣》《合肥西乡》等都有鲁迅的影子。当然，给我为文以影响的还有外国作家蒙田、培根。他们娓娓道来的说理风格，一度也使我着迷。我的有些说理的小品文也是受之影响而写的。

翻阅整理自己的旧作，也是清理自己的一个过程。有时候，我为自己当时还有这样的写作而窃喜，又为自己失去很多写作的念想而觉得不能原谅自己。我记得写《校长》这篇时，自己曾计划要写故乡的10个人物，就运用这种白描的手法，来写他们真实的人生，作一个素描式的画像，然而后来因为疏懒而没有进行下去。《凤姐的悲剧》原计划要写红楼人物论30篇的，但只完成了3篇，论妙玉、宝钗的文章因电脑被犬子不懂事操作格式化，丢了文字，所以这个写作的构想就没有进行下去。我在皖西工作17个年头，本想着写一组记皖西山水风俗方面的稿子，至少20篇，但也没有进行下去。这些都是懒惰所致，不可原谅。

收在这本小册子中的文章，大约有85篇。按照传统的分类法，我把她分为记人、记事、游记、小品文、书评影评、杂议。杂议实际上是一种政论，反映了自己一时的想法与主张，所以在里面收录了几篇评述与杂议，从宽泛意义上讲，这也是散文的一种。记人部分，《槐树花香》是写给我母亲头七的祭文，没有发表过，我希望放在这本小集子的最后，以敬献给我的母亲。

对于这本书的完成，我要感谢安徽人民出版社老社长徐敏先生，他提出了很好的修改意见。我还要感谢金安区融媒体中心的蒋国婷女士，她做了精细认真的校对。我还要感谢赵焰先生给本书写了序，韦国平先生作了插图。感谢安徽文艺出版社的各位编辑老师付出的心血！